LE DÉSIR DE LA DRAGONNE

LES ÂMES-SŒURS DE LA DRAGONNE #3

EVA CHASE

Le Désir de la Dragonne

Livre 3 de la série "Les Âmes-soeurs de la Dragonne".

Première édition numérique, 2018

Traduction française : Rose CAMARA at Griot Editing Services

Conception de la couverture : Covers by Juan

Ebook ISBN : 978-1-990338-76-2

Broché ISBN : 978-1-990338-77-9

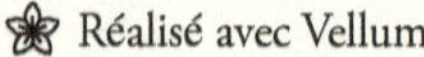 Réalisé avec Vellum

1

Ren

Parfois, on vit un moment si merveilleux qu'on a du mal à croire que c'est vraiment notre vie. Comme s'endormir en se blottissant entre quatre métamorphes alpha incroyablement sexy qui sont destinés à devenir tes âmes-sœurs.

Il y a quelques semaines, je ne sortais même pas avec quelqu'un. Je venais juste de me trouver un véritable appartement. Maintenant, je suis enveloppée d'une affection protectrice — et n'oublions pas le côté sexy — sur le lit le plus grand et le plus doux que j'avais jamais vu, dans une propriété si impressionnante qu'elle m'a coupée le souffle. D'accord, plus d'une personne avait essayé de me tuer ces derniers jours, mais alors que je m'endormais, j'avais l'impression d'en être sortie globalement gagnante.

Mais bien sûr, ces moments paradisiaques ne durent jamais. Quelque chose les brise toujours. Cette fois-ci ?

On a frappé à la porte au milieu de la nuit et une voix chevrotante a dit :

— Il y a eu une attaque sur la propriété de l'alpha ours.

West, qui avait ouvert la porte, alluma la lumière dans le salon. La voix du métamorphe loup était sèche.

— Je pense que tu ferais mieux d'entrer.

Nous autres étions déjà en train de nous extirper du lit. J'étais si épuisée ce soir que je n'avais pas pris la peine de me changer. La robe que je portais lors de la soirée d'adieu avec les métamorphes aviaires était toute froissée sur moi. Je tirai rapidement sur le tissu doux et me frottai les yeux en me précipitant vers la porte.

Aaron, l'alpha de la famille aviaire et actuel propriétaire de ce domaine, marchait devant moi. La lumière se reflétait sur ses cheveux dorés de la même manière que le soleil se reflétait sur ses plumes dans sa majestueuse forme d'aigle. Je l'ai toujours considéré comme mon prince Disney, mais là, ses yeux bleus étaient vifs et sa mâchoire carrée serrée. Plus guerrier que royal.

— Que s'est-il passé exactement ? demande-t-il au préposé qui est venu avec le message.

Nate, mon énorme ours métamorphe, s'approcha d'Aaron. Sa présence habituellement douce avait disparu, une tension agressive irradiant de son corps musclé.

— Quelqu'un est blessé ? demanda-t-il de son baryton grave. Qui a attaqué mon peuple ?

West s'appuya contre le mur près de la porte, les bras croisés sur son torse fin et les yeux verts plissés. Marco, le métamorphe jaguar qui était l'alpha de la famille féline, s'arrêta à mes côtés et posa sa main sur mon épaule timidement. Lui et moi n'avions pas vraiment été en bons termes ces derniers jours —— c'est sa faute, pour avoir ouvert sa bouche auprès de ses semblables et pour avoir parlé de moi comme si j'étais une sorte de prix à se disputer — mais maintenant nous avons clairement de plus gros soucis.

Le messager baissa la tête, les mains jointes devant lui.

— Je sais seulement que nous avons reçu un appel urgent. Le personnel du domaine espère que leur alpha pourra revenir aussi vite que possible. Il semblerait qu'un groupe de métamorphes renégats ait réussi à s'introduire dans le domaine et ait tenté une attaque surprise contre certains des conseillers et leurs familles.

Un grognement sortit de la poitrine de Nate.

— Je vais y aller maintenant.

— On va tous y aller, dis-je. Nous allions y aller dans la matinée de toute façon. C'est probablement pour ça qu'ils ont choisi d'attaquer ton domaine.

Nous savions tous que l'attaque était plus à propos de moi que de n'importe lequel de mes alphas ou de leurs semblables. En tant que dernière métamorphe dragonne vivante, mon rôle était non seulement de prendre les quatre alphas comme âmes-sœurs, mais aussi d'unir toute la communauté des métamorphes. Étant donné que je ne savais même pas que les métamorphes existaient, et encore moins que j'en étais une, jusqu'à il y a quelques semaines, j'avais beaucoup de travail devant moi.

Mais je n'allais pas reculer. Surtout pas quand il s'agissait des connards qui avaient tué mes pères et mes sœurs.

Nate me fit un rapide signe de tête, se précipitant déjà

vers la porte. Pour un gars aussi grand, il pouvait se déplacer très rapidement quand il le fallait. Le reste d'entre nous nous dépêchions de sortir derrière lui.

— Trouvez le pilote le plus reposé, dit Aaron au messager. Nous prendrons le jet

— Le jet ? répétai-je.

J'avais raté cette partie du domaine, apparemment.

— Chacun des domaines dispose de deux jets privés au cas où nous ou nos conseillers auraient besoin de s'occuper d'affaires ailleurs dans l'urgence, expliqua-t-il alors que nous nous dirigions vers le hall aux murs blancs. C'est beaucoup plus fiable que de compter sur des vols organisés par des humains.

— Ça semble juste un peu étrange. Ici, en tout cas. Je veux dire, vous pouvez tous déjà voler.

Le coin de sa bouche se releva en un sourire crispé.

— Pas aussi rapidement qu'un avion, même dans mes meilleurs jours.

Touché. Je n'étais pas sûre de pouvoir battre un jet, même sous ma forme de dragonne. Et je n'avais pas pu garder ma forme de dragonne plus de quinze minutes jusqu'à présent, donc c'était un peu un point discutable de toute façon.

Nous venions de franchir une porte latérale dans la chaude nuit d'été lorsqu'un autre groupe de pas se fit entendre derrière nous. Alice, la jeune sœur d'Aaron et son garde du corps autoproclamé, s'est précipitée pour nous rejoindre. Ses cheveux blond-doré étaient attachés en une élégante queue de cheval et ses yeux étaient brillants. Cette fille ne dormait-elle jamais ?

— J'ai entendu la nouvelle, dit-elle. Cette fois, je viens avec vous.

— Alice, commença Aaron.

Elle lui a fait un signe du doigt.

— Non. Pas de disputes cette fois. La dernière fois, vous faisiez juste un petit voyage pour peut-être trouver une métamorphe disparue, et vous avez fini par vous battre contre des renégats et presque empoisonnés par des fées. Cette fois, on *sait* que quelqu'un, là où tu vas, veut votre mort. Qui sait dans quels autres ennuis vous allez vous fourrer ?

Aaron n'avait pas l'air convaincu, mais il ne semblait pas non plus avoir l'énergie de discuter. Il faisait encore complètement noir dehors. Nous ne pouvions pas avoir dormi plus de quelques heures. Et hier avait été une très longue journée.

— Je veux qu'Alice soit avec nous, ajoutai-je pour faciliter son accord. Ce sera bien de faire une petite de toute cette testostérone qui m'entoure.

West marmonna quelque chose dans sa barbe, et Marco gloussa. Un sentiment de culpabilité me pinça l'estomac. C'était sur ma meilleure amie Kylie, qui était à Brooklyn en train de se remettre d'une attaque de renégats, que j'aurais dû compter pour une discussion entre filles. Mais notre amitié était devenue un peu plus compliquée à chaque révélation étrange et effrayante que j'avais rencontrée.

Alice attrapa ma main et la serra pour me remercier. Et je suppose que ça me rassurai, parce qu'elle se pencha vers moi et dit :

— Ça va aller. On a déjà géré pire.

Je n'étais pas sûre que cela me fasse me sentir mieux. La communauté des métamorphes avait dû faire face à de nombreux problèmes pendant les années où elle n'avait pas eu de métamorphe dragonne. Ce n'était pas ma faute si ma mère s'était enfuie et avait décidé d'enfermer mes souvenirs de ce que j'étais, mais c'était difficile de ne pas se sentir un peu responsable du désordre qu'elle avait laissé derrière elle. J'étais la seule à pouvoir recoller les morceaux.

La brise salée du Pacifique nous enveloppait tandis que nous longions un chemin entre des arbres. De l'autre côté, un petit avion attendait sur une piste herbeuse. Nous grimpâmes les marches pour entrer dans la cabine.

L'espace était plus grand que ce à quoi je m'attendais vu l'extérieur de l'avion. Le plafond était assez haut pour que même Nate n'ait pas besoin de se pencher. Cinq paires de sièges en cuir rembourrés bordaient un pan. Marco se laissa tomber dans l'un d'eux, passant sa main dans ses cheveux noirs en bataille. Aaron alla parler au pilote qui était venu en courant.

C'était une bonne chose que le plafond permettait à Nate d'être à l'aise, car il faisait les cent pas dans l'allée. Sa mâchoire se crispait et ses mains étaient en boule sur ses côtés.

— Quand je les trouverai, dit-il. Quand je trouverai les renégats qui ont fait ça...

— Hey.

Je touchai son bras, et il s'arrêta, se tournant vers moi. Je levai les yeux vers lui, et ma main se posa sur sa joue.

— Nous les trouverons, et nous leur ferons regretter tout le mal qu'ils ont fait. On y va aussi vite qu'on peut.

— Je sais. J'ai juste...

Il secoua la tête. Enfonçant ses doigts dans mes cheveux, il se pencha pour m'embrasser. La tendre pression de ses lèvres me procura le même frisson de plaisir que d'habitude, mais je pouvais encore sentir la frustration nouer son corps. Il n'allait pas pouvoir se détendre tant que nous ne serions pas arrivés à son domaine.

— Ça pourrait aider, dit Aaron, en revenant.

Il lança un téléphone portable à Nate et en a passé deux autres à West et Marco.

— Un de mes assistants les a pris dans vos chambres. Le pilote est juste en train de vérifier les systèmes. Nous devrions être prêts à partir dans une minute.

Nate saisit le téléphone avec une expiration de soulagement et composa un numéro. Il recommença à faire les cent pas en portant le téléphone à son oreille. Je vacillais sur mes pieds, ne sachant pas trop quoi faire maintenant. Y avait-il quelque chose que je *pouvais* faire ? Je détestais me sentir aussi inutile.

Le moteur du jet vrombit. Une main saisit mon poignet.

— Je ne pense pas que tu veuilles essayer de décoller debout, Étincelles, dit West sur son habituel ton bourru.

Il m'entraîna vers le siège à côté de lui.

— C'est peut-être un peu trop, même pour toi.

Je levai les yeux aux ciels.

— Merci de t'en soucier.

Mais je m'assis. West et moi avions actuellement une relation... très compliquée. Il insistait sur le fait qu'il n'était toujours pas sûr que j'étais faite pour le rôle de métamorphe du dragonne — ou le rôle de son âme-sœur.

D'un autre côté, il avait semblé très enthousiaste quand nous nous étions embrassés l'autre nuit. Son odeur de terre et de pin à côté de moi suffisait à créer une petite chaleur entre les jambes quand je me rappelai ce moment.

Au moins, la dernière fois que nous avions parlé, il avait admis que ses problèmes étaient surtout les siens, pas les miens. Et de temps en temps, je voyais un côté plus doux chez lui. Il s'était rallié à moi quand j'en avais eu besoin. Il s'était lancé dans la bataille plus d'une fois pour me protéger. Pour le reste, je suppose qu'il fallait prendre les choses comme elles venaient.

Même Nate s'était finalement assis, bien qu'il parlait avec insistance au téléphone. Le grondement du moteur s'éleva alors que le jet se mettait en mouvement. Il s'élança sur la piste à une vitesse croissante. Il y eut une secousse rapide, et nous décollâmes du sol.

Mon estomac se retourna, mais je savais que ce n'était pas seulement à cause de l'accélération. Les renégats avaient déjà causé assez de douleur dans ma vie. La dernière des choses auxquelles je m'attendais était de voir la destruction qu'ils avaient apporté au domaine de Nate.

2

L'avion eu une secousse, et mes yeux s'ouvrirent. Je n'avais même pas réalisé que je les avais fermés, mais ils étaient si lourds que j'avais manifestement dormi pendant un moment. J'avais un torticolis à force de pencher la tête en avant.

Affalé contre... l'épaule musclée de quelqu'un. Une épaule qui dégageait une légère odeur de pin.

Oh merde. Je fis reculais d'un mouvement brusque dans mon siège, mon cœur faisant des bonds dans ma poitrine. J'étais tellement fatiguée de notre nuit tardive et interrompue que je m'étais endormie sur mon voisin. Qui se trouvait être West.

Qui me regardait avec une expression indéchiffrable maintenant.

— Hum, désolée pour ça, dis-je. Je te promets que je ne l'ai pas fait exprès. Je ne te confondrais jamais avec un oreiller.

Peut-être que ce n'était pas la plus solide des excuses ? Je pouvais définitivement lire l'expression du loup métamorphe maintenant : Ça, les gars, c'était un regard noir.

— Et pourtant, cela ne t'a pas empêché de m'utiliser comme tel, fit-il remarquer.

— Ouais, eh bien, tu sais, inconsciente et tout ça, je ne peux pas être tenue responsable de mes actions.

Je fis un geste vague avec mes mains.

— J'espère que ce n'est pas une excuse que tu comptes sortir très souvent.

Je roulai les yeux. Ça le tuerait de me laisser tranquille une minute de temps en temps ?

— Si ça te dérangeait tant, tu aurais toujours pu me réveiller et me faire bouger.

Quelque chose changea dans les yeux de West. Quelque chose qui fit remonter mon esprit à ce moment dans le jardin, l'autre soir, quand il m'avait allongée sur ce banc, sa bouche sur moi. Je jurerais que la température entre nous avait augmenté de dix degrés en ce moment alors qu'il soutenait mon regard maintenant, mais peut-être que c'était seulement moi qui le ressentais.

Il s'approcha et passa ses doigts contre ma joue. Brossant une mèche errante de mes cheveux loin de mes yeux. Mon pouls hoqueta à ce doux contact. Il était si proche qu'il aurait été facile d'emmêler mes doigts dans ses cheveux auburn parsemés d'argent et...

West s'assit sur son siège, tournant son regard vers l'avant de l'avion. Loin de moi.

— Nous sommes presque arrivés. Tu devrais te

préparer, Étincelles. Ton travail va devenir de plus en plus difficile.

Je me donnai une claque mentalement. Même si West avait été un tant soit peu réceptif à une sorte d'excitation, ce n'était pas le moment de penser à faire la chose avec quelqu'un. On devait s'occuper de l'attaque des rebelles. Je ne savais toujours pas à quel point elle avait été sérieuse.

C'était juste difficile d'ignorer l'incessante tension du lien en moi. J'étais presque sûre que l'attraction devenait encore plus insistante quand il s'agissait des deux gars avec lesquels je n'avais pas encore consommé notre lien. Apparemment, *le lien* ne se souciait pas du fait que j'avais de très bonnes raisons de prendre mon temps avec Marco et West.

Je me penchai de l'autre côté de mon siège. C'était facile de repérer Nate quelques rangées plus haut. Ses cheveux brun foncé, aussi épais que sa peau de grizzly, dépassaient du dossier de son siège. Il avait au moins quelques centimètres de plus que tous les autres gars, qui étaient tous loin d'être petits.

Ma main tomba sur ma ceinture de sécurité. Mais avant que je ne puisse aller demander ce que le métamorphe avait découvert avec ses appels téléphoniques, l'avion fit une nouvelle secousse. Une voix calme filtra du haut-parleur au plafond.

— Vous devriez tous rester assis pendant les dix prochaines minutes. Nous allons atterrir maintenant.

Ok, je supposais que je n'irais nulle part pour l'instant. J'essayai de me détendre dans mon siège, mais mon cœur battait la chamade maintenant, et cela n'avait rien à voir avec West à quelques centimètres à côté de moi. Un coup d'œil par la fenêtre montrait une étendue de paysage rocheux et désertique qui se transformait en une forêt dense dans la lumière ténue de l'aube naissante. Le domaine de Nate — le centre des opérations pour les membres disparates de la famille qui n'appartenaient pas aux groupes canin, félin ou aviaire — se trouvait dans l'une des régions les plus sauvages de Californie.

Et parce qu'ils savaient que je venais là, les renégats s'en sont pris à ses conseillers. *Et* leurs familles. Si des enfants avaient été blessés à cause de moi...

Ma poitrine se resserra, et mes doigts s'enroulèrent autour des accoudoirs. Non. Je ne pouvais pas penser comme ça. Je faisais de mon mieux. Toute violence commise était totalement la faute des renégats. S'ils avaient un si gros problème avec les métamorphes dragonnes, ils auraient pu en parler de manière pacifique.

Je savais tout cela, mais cela n'avait pas complètement diminué la torsion de culpabilité autour de mon cœur.

Mes oreilles avaient commencé à se déboucher avec le changement de pression atmosphérique quand mon téléphone sonna une alerte de SMS. Je le sortis de la poche de mon jean. Ça devait être Kylie. Au moins, parler à ma meilleure amie me ferait oublier le désastre qui nous attendait là-bas, alors que je ne pouvais encore rien faire pour le réparer.

Hey, meuf. Je n'ai pas eu de nouvelles hier, je voulais juste m'assurer que tu avais survécu à cette grande fête l'autre soir. Et qu'ils ont survécu à ta splendeur dans cette robe !!!

Merde, je ne lui avais vraiment pas parlé du tout hier ? Entre une tentative d'assassinat, une confrontation avec la monarque fée, et la fête d'adieu, j'avais à peine eu le temps de respirer. Mais Kylie n'avait aucune idée de ce qui avait pu se passer ici. Elle ne pouvait pas savoir si je m'étais retrouvée dans plus de problèmes. Je ne lui avais pas raconté les parties les plus terribles de mes aventures, mais elle avait vu le danger qui pouvait venir avec mon rôle avant que je n'insiste pour qu'elle reste en retrait. En plus de l'attaque des renégats qui l'avait laissée griffée, elle avait été témoin d'une escarmouche entre mes alphas et une bande de vampires.

Maintenant, j'avais une double culpabilité qui me pesait. Je tapai rapidement une réponse. *Désolé. Journée de folie. Oui, tout le monde a survécu à la robe, y compris moi. Nous venons de partir pour la propriété de Nate en Californie.*

Oh, wow, Cali ! Il faut absolument que tu m'invites là-bas une fois que tu seras installée. C'est en tête de ma liste des États à visiter.

Je souris. *Bien sûr. Cependant, là maintenant, ... Ce n'est probablement pas le meilleur moment.* J'hésitai, me demandant ce que je devais lui dire. *Tu sais les gars qui nous ont attaqués dans le village des métamorphes ? D'autres renégats de leur groupe se sont introduits dans la propriété la nuit dernière.*

Oh, merde. Est-ce que tout le monde va bien là-bas ?

Je ne sais pas encore. Mais je suis vraiment contente que tu sois de retour à Brooklyn, loin de tout ce chaos.

Kylie renvoya un emoji qui lançait un baiser. *Tu sais que je te soutiendrais quoi qu'il arrive, où que ce soit, Ren. Dis juste un mot, et je serai là.*

Je le savais. C'était exactement pour ça que je ne lui avais pas parlé de la récente tentative d'assassinat. Cela signifiait beaucoup pour moi que Kylie se soucie autant de moi — jusqu'à ce que je rencontre mes alphas, elle était la seule personne autre que ma mère à se soucier de moi — mais je ne voulais pas la mettre plus en danger que je ne l'avais déjà fait.

Je commençai à lui répondre, lui demandant ce qu'elle faisait quand l'avion piqué du nez. Mon siège vibra lorsque les roues touchèrent la piste. Des pierres cognèrent contre le train d'atterrissage de l'avion. Il ralentit et s'arrêta presque immédiatement.

Mes tripes se nouèrent. Nous y étions.

Désolé, j'écris à Kylie. *Je dois y aller maintenant. Des affaires de métamorphes. On se reprend plus tard.*

Ne t'inquiète pas pour moi ! répondit-elle avec une ligne de cœur. Comme si je pouvais m'empêcher de m'inquiéter.

Mais pour l'instant, j'étais nettement plus inquiète de ce qui nous attendait sur le domaine. Dans l'avion, on entendait les ceintures de sécurité qu'on détachait. Nous nous précipitâmes hors de nos sièges et descendîmes les marches.

La terre sèche et dure de la piste était bordée de grands séquoias. Leur odeur acidulée m'envahit en même temps que le chant d'un chœur d'insectes.

Un contingent de métamorphes que je supposai être de la famille de Nate était venu à notre rencontre. C'était vraiment un groupe varié. Un mélange d'odeurs chatouilla mon nez alors que nous approchions du groupe. Mes sens de dragonne les identifièrent instinctivement : ours noir, hermine, vison, élan, tatou, lamantin.

Une énergie nerveuse se dégageait d'eux, s'atténuant

légèrement quand ils virent leur alpha parmi nous. Nate se dirigea vers la tête de notre groupe, la mâchoire serrée et les yeux sombres. Mais les regards de ses proches se détournèrent de lui pour se poser sur moi. Un picotement parcourut ma peau.

Lorsque j'avais rencontré certains des membres de la famille canine de West dans un de leurs villages, et lorsque j'étais arrivée au domaine aviaire, presque tous les métamorphes avaient été amicaux. Pas seulement amicaux, en fait, ils avaient semblé impressionnés d'être en ma présence. Se pâmant devant moi, voulant me toucher et m'entendre parler. C'était un peu accablant.

Je ne peux pas dire que la pression de ce genre d'accueil m'ait manqué. Mais celui-là... Je n'étais pas sûre que ces métamorphes étaient heureux que je sois là. Leurs yeux semblaient m'évaluer alors que je m'arrêtais à côté de mon âme-sœur à l'union nouvellement consommée. Nate posa une main sur mon dos en signe de reconnaissance, mais son attention était entièrement tournée vers sa famille.

— Vous êtes arrivés ici rapidement, dit le métamorphe ours noir, un homme plus petit que Nate mais tout aussi costaud qui semblait avoir une quarantaine d'années. Ses cheveux noirs courts se dressaient en une coupe haute.

— C'est bon de te revoir.

— Nous sommes venus dès que nous avons su, dit Nate. Rien de nouveau à signaler, Thomas ?

Thomas commença à descendre un chemin qui, je supposai, menait plus loin dans le domaine. Le reste de notre groupe nous suivit. Alice s'était mise entre Aaron et moi, comme si elle essayait de maximiser ses chances de nous protéger tous les deux. Ses yeux aiguisés parcourait la forêt.

— Le compte actuel est de neuf semblables avec des blessures majeures, quatre morts, déclara le métamorphe ours noir, sa voix rugueuse quand il donna les chiffres. Combien ont des égratignures et des contusions, nous n'avons pas pris la peine de compter.

Nate se frotta la bouche, grimaçant.

— Qui avons-nous perdu ?

— Les malfaiteurs visaient clairement l'aile où résident les conseillers. Ils ont pénétré dans les chambres d'Yvonne et de Garret en premier, avant même qu'on ait eu le temps de donner l'alerte. Et ils avaient des armes — quelques pistolets, les autres des couteaux... Nous nous sommes tous battus du mieux que nous pouvions, mais Garret est tombé, ainsi que l'âme-sœur d'Yvonne. Et deux des gardes qui sont intervenus.

— Comment sont-ils entrés ? parla Marco. J'ai vu les murs que vous avez autour de ce complexe. Et je suppose que certains des gardes les surveillaient.

La voix de Thomas devint presque un grognement. J'eus l'impression qu'il n'aimait pas que quelqu'un d'autre que son alpha le questionne.

— Nous ne sommes pas encore sûrs de la façon dont ils sont entrés. *Nous* patrouillons les lieux avec soin, surtout après avoir entendu parler de problèmes récents, mais aucun des gardes n'a vu les intrus avant qu'ils ne soient déjà dans la maison du domaine.

— Je suis sûr que tout le monde ici a fait son travail du mieux qu'il a pu, dit Nate. Les renégats se sont tournés vers des méthodes auxquelles aucun métamorphe ne devrait s'abaisser. Qu'est-il arrivé aux assaillants ?

Nous avions émergé du chemin sur une cour carrelée. Nos pieds frappaient contre les dalles d'argile polies. Un énorme manoir en adobe, que je devinais être le "domaine" dont Thomas avait parlé, se dressait à l'extrémité de la cour. Des silhouettes agenouillées étaient éparpillées sur ses marches et dans le couloir au-delà de sa porte ouverte et arquée.

— Nous avons tué la plupart d'entre eux dans la lutte, déclara Thomas. La façon dont ils sont venus vers nous, sans se soucier d'eux-mêmes — ils nous ont presque forcés à le faire. C'était une nuit sanglante, je peux vous le dire.

Nous arrivâmes aux marches, ses derniers mots me trottaient dans la tête, et je réalisais ce que faisaient tous ces métamorphes agenouillés. Ils frottaient les carreaux et les murs avec des chiffons. Ils frottaient les taches rousses qui tachaient l'argile et l'adobe brun pâle.

Du sang. Tout ce sang de métamorphes répandu ici la nuit dernière...

Soudain, tout le sang de mon propre corps semblait se précipiter dans mes oreilles avec le battement de mon cœur. Ma vision changea.

Il y avait du sang, du sang partout. Du sang éclaboussant les murs peints dans une délicate nuance de jaune que ma mère nous avait laissées choisir, mes sœurs et moi. Le sang s'était accumulé sous la forme affaissée de mon père-loup. Du sang jaillissant des blessures par balle dans la poitrine de ma sœur aînée. Le boom de plus de tirs résonnant dans le hall. La main de ma mère si serrée autour de la mienne que mes os s'étaient contractés. Le bruit frénétique de mes pieds sur le parquet.

Son odeur. Épaisse et métallique, saturant l'air, se mêlant à l'odeur de fumée des armes. Ça avait coulé dans ma gorge et rempli mon estomac, jusqu'à ce que mes tripes se tordent et se soulèvent...

Non, le soulèvement se produisait maintenant. Je trébuchai et me penchai, serrant mon ventre. Mon pouls battait douloureusement. Les souvenirs continuaient à défiler dans ma tête, l'odeur horrible d'il y a seize ans me bouchant le nez.

Tempérance, ma sœur aînée, celle qui m'avait toujours encouragée à grimper plus haut, à courir plus vite, même quand je faiblissais. Elle m'avait poussée hors du chemin lorsque les renégats avaient ouvert le feu à travers la porte. Et Verity, à peine plus âgée que moi de deux ans, maman avait essayé de nous attraper toutes les deux. C'est à ce moment-là que mon père, un aigle métamorphe, s'était jeté sur le renégat armé d'un fusil, les serres creusant et les ailes nous protégeant. Les balles d'un pistolet l'avaient transpercé, et il … et il…

— Ren, disait quelqu'un. Ren !

Un bras musclé s'enroula autour de mon dos tremblant.

Un sanglot se coinça dans ma gorge. L'odeur musquée et poivrée de Nate suivit, chassant les odeurs fantômes de mon passé. J'attrapai sa chemise, m'accrochant à lui comme s'il était la seule chose qui me maintenait en place. À ce moment-là, peut-être qu'il l'était.

Je n'étais pas dans le domaine de la métamorphe dragonne. Je n'avais plus cinq ans. Je me concentrai sur les tuiles d'argile sous mes pieds, la brise chaude, les murmures silencieux autour de nous...

Merde. Je me redressai en me frottant les yeux. Nate garda son bras autour de moi, ce qui était probablement une bonne chose, parce que mes jambes vacillèrent pendant une seconde avant que je ne retrouve mon équilibre. Aaron se tenait de l'autre côté, Alice juste en face de moi. Elle toucha mon épaule, le ton léger mais le regard inquiet.

— Hey. Tu vas bien ?

— Ouais, dis-je, en essayant de garder ma voix stable. Je suis désolée. Je ne m'attendais pas... Ça m'a rappelée l'attaque contre ma mère, dans mon domaine. Quand j'étais enfant. Quand...

Ma gorge commença à se nouer. Mieux vaut ne pas entrer dans les détails. D'après l'expression du visage d'Alice, elle avait déjà compris ce que je voulais dire.

Et derrière elle, la délégation de la famille de Nate qui était venue à notre rencontre, les métamorphes qui travaillaient à nettoyer les dégâts de l'attaque de la nuit dernière, ils me regardaient tous. Me regardant me ridiculiser. Comment pouvaient-ils croire que je pouvais faire face à cette menace alors que le simple fait de voir les conséquences de l'attaque me mettait au bord de la dépression ? Mes mains se crispèrent.

— Je vais bien, dis-je fermement, en redressant mes épaules.

— Tes souvenirs ont été supprimés pendant si longtemps, il est compréhensible que tu ne sois pas habituée à gérer les plus traumatisants, dit Aaron.

Je me demandais dans quelle mesure ce réconfort était autant pour moi que pour les autres métamorphes.

— Eh bien, je vais devoir m'habituer à les contrôler, dis-je. Pour l'instant, nous devons nous concentrer sur l'attaque qui s'est produite *ici*, et sur la façon dont nous pouvons nous assurer que cela ne se reproduira pas.

Thomas émit une légère toux. Il dirigea son regard vers son alpha.

— À ce sujet... J'ai dit que nous avions dû tuer la *plupart* des renégats lors de l'assaut. Mais nous avons réussi à en capturer un — et à l'arrêter avant qu'il ne mette fin à ses jours. Nous avons dû le soumettre à un tranquillisant pour l'instant, mais nous pourrons le réveiller quand vous serez prêt à l'interroger.

3

Nous, les groupes de semblables, avions beaucoup de différences entre nous. On ne pouvait pas le nier. Mais au fond, sur certains points vitaux, nous étions les mêmes. Les funérailles d'un membre de la famille d'un métamorphe ressemblaient et sonnaient comme des funérailles d'un membre d'une autre famille de métamorphe, que les morts honorés soient canins, félins ou aviaires, ou autre chose, comme aujourd'hui.

Tous les métamorphes qui vivaient sur le domaine s'étaient rassemblés autour de l'énorme bûcher. L'odeur forte de la sève fraîche submergeait presque la puanteur de la mort. Quatre corps gisaient là attendant le repos éternel. Leurs proches s'approchèrent pour parler de la vie de ceux qui sont tombés. Maintenant, Nate se déplaçait devant chaque corps, les flammes sifflant au bout de la torche qu'il tenait. Sa voix basse de baryton balaya la clairière.

— Frère de mon cœur, parent de ton alpha. Ta lumière

s'est éteinte, mais maintenant tu brûleras plus fort. Alors que nous te laissons partir, nous jurons de nous relever plus fort pour toi.

— Nous jurons de nous relever plus forts, résonna un chœur de voix autour du bûcher.

J'y ajoutai la mienne. Quelques personnes plus bas, Ren sursauta et réussit à se joindre aux derniers mots.

Encore une chose que notre métamorphe dragonne ne savait pas sur sa propre espèce.

Elle avait manqué les funérailles de ses propres pères et sœurs. L'énorme cérémonie pour laquelle des membres des famille de métamorphes étaient venus de tout le pays. Je n'avais que onze ans, mais je me souviens avec force de la vue de l'alpha devant moi, l'homme qui m'avait servi de mentor pendant les trois dernières années, étendu, mou et vide, sur le tas de bois de chauffage. L'impact de la balle sur sa peau n'avait pas l'air naturel, comme une horrible maladie et non une vraie blessure de combat.

Ces putains de renégats n'étaient pas naturels, la façon dont ils massacraient leur propre espèce pour des raisons égoïstes. Je serrai les dents, en pensant à celui que les gardes de Nate avaient réussi à capturer. J'aimerais bien pouvoir lui planter ces dents en ce moment. Si nous n'avions pas eu besoin des informations qu'il pouvait nous donner, j'aurais voulu lui arracher la gorge pour ce qu'il avait fait ici. Pour ce qu'ils ont fait à l'époque. Pour tout ça, vraiment.

— Nous jurons de nous relever plus forts, nous répétâmes pour la quatrième fois.

Nate baissa sa tête. Puis il jeta sa torche sur le bûcher.

Les flammes crépitèrent, balayant en une vague le tas

de bois et les corps qui y gisaient. La fumée jaillit. Elle piqua mes yeux et dans ma gorge, recouvrant ma langue. Et le souvenir qui surgit alors n'était pas celui de mon mentor.

Combien de corps avions-nous rendu à la lumière le jour où j'avais dit au revoir à ma mère ? Huit. Huit parents loyaux abattus. J'avais dû ordonner à mes hommes de construire deux bûchers pour les contenir tous. Ma gorge était rauque quand j'eus terminé les rondes. Un de mes conseillers m'avait proposé de partager la tâche, vu que j'avais quinze ans et que je n'avais pas encore atteint ma majorité, mais je lui avais dit non. C'était ma bataille. Les morts étaient dues à mes décisions.

Je devais croire que nous aurions eu plus de morts si mes décisions avaient été différentes.

Papa ne l'avait pas cru. Ou peut-être qu'il s'en fichait. Le souvenir de son dos tourné, de ses épaules obstinément raides, avait cessé de piquer au fil des ans, même s'il ne m'avait toujours pas dit un mot depuis. J'étais son alpha, mais je n'étais plus son fils.

Aujourd'hui, les flammes ont mis beaucoup de temps à se consumer. Nous sommes restés silencieux tout ce temps, laissant la fumée et l'odeur nous envahir. Rendant hommage à nos morts.

Normalement, lorsque les dernières flammes s'éteignent au milieu des braises, on voit les cendres portées à leur lieu de repos et puis c'est fini. Mais quand Nate avait voulu avancer, Ren toucha son bras. Elle est sortie de notre cercle pour se diriger vers le pied du bûcher.

Son visage était encore un peu plus pâle que

d'habitude, ce qui faisait ressortir le contraste entre ses yeux sombres et ses cheveux. Mais je devais admirer la force avec laquelle elle se tenait, la constance de sa posture. Quels que soient les souvenirs qui l'avaient secouée à notre arrivée ce matin, elle les avait maîtrisés.

Sa voix était stable aussi, stable et claire.

— Les renégats s'en sont sortis avec trop de choses, pendant trop longtemps. J'aurais aimé être ici plus tôt pour remplir mon rôle de métamorphe dragonne. Mais maintenant que je suis ici, je vous jure que nous rendrons justice à ces morts. Et si j'arrive à mes fins, les renégats ne verseront plus une seule goutte de sang de nos semblables.

Elle lève le poing en l'air et le ramène à son côté. Un air solennel plane toujours sur l'assemblée, mais plusieurs voix s'élèvent dans la foule pour exprimer leur accord.

— Plus une seule goutte !

Je me retins de froncer les sourcils. J'aurais aimé pouvoir me réjouir aussi, mais notre métamorphe dragonne n'était pas en position de donner sa parole à ce sujet. Sa mère n'avait pas été capable de s'occuper des renégats, et elle était une métamorphe dragonne avec des années d'expérience, qui avait grandi dans ce rôle. Le fait que Ren ait même essayé de faire ce genre de promesse montrait à quel point elle avait encore à apprendre.

Peut-être que les temps avaient vraiment changé. Peut-être qu'il y avait des choses qu'une métamorphe ne pouvait plus arranger, même avec de nouveaux pouvoirs et nous quatre à ses côtés.

Eh bien, je ne m'étais pas encore engagé, même si une partie de moi le voulait. Ce n'était pas sa faute si elle était si loin derrière, mais cela ne signifiait pas que je devais me sacrifier et sacrifier mon groupe de semblables pour la soutenir.

C'était ce que je me disais, mais en même temps, la détermination sur son visage me tiraillait le cœur. Ce maudit lien d'âmes-sœurs me dérangeait toujours, remuant mes émotions. Je devais mieux les tenir en laisse plus serrée sur eux. Si un seul de ses contacts pouvait me faire perdre tout mon self-control, comment pourrais-je faire passer ma famille en premier ?

Ren

L'odeur âcre de la fumée provenant du bûcher me suivit dans le sous-sol du domaine de Nate. Je frottai mes bras nus et résistai à l'envie de m'éclaircir la gorge. Serait-ce un signe d'irrespect ? Il y avait tellement de traditions et d'attentes des métamorphes que je ne connaissais pas encore.

Et à la façon dont West m'avait regardé avec ses yeux plissés lorsque nous avons quitté la clairière funéraire, il en tenait un compte précis.

Heureusement, mes trois autres alphas et Alice ne cherchaient pas d'excuses pour m'exclure. Nous avions un renégat à interroger, qui, espérons-le, en savait plus que la femme aviaire qui m'avait attaquée sur le domaine d'Aaron. Elle avait été forcée de coopérer. Celui-ci avait rejoint le combat aux côtés des autres.

Le garde qui nous conduisit jusqu'à la courte rangée de cellules de détention nous indiqua une pièce d'un signe de tête. De l'autre côté de la lucarne de la porte, un homme maigre aux cheveux brun clair et ébouriffés était affalé sur un banc. Ses poignets et ses chevilles étaient enchaînés aux extrémités opposées, de sorte qu'il ne pouvait pas nous blesser — ou se blesser lui-même. Tant qu'il était sous forme humaine, du moins.

Je m'éloignais de la fenêtre.

— Comment savoir s'il ne va pas se transformer pour enlever les menottes ?

— Le tranquillisant que nous utilisons dans des situations comme celle-ci supprime la capacité de se transformer, dit Aaron, prêt comme toujours à fournir des explications. Les gardes auront diminué la dose pour qu'il soit assez conscient pour nous parler, mais son contrôle corporel est toujours inhibé.

— Il devrait être assez réveillé maintenant, dit le garde.

Il déverrouilla la porte pour nous.

Nate entra en premier, la colère débordant de lui. Marco se glissa devant moi. Quand je passai la porte, mon nez capta l'odeur du renégat. Il était canin, une sorte de chien. Je n'étais pas surprise. Il avait l'air d'un bâtard.

West montra les dents quand il entra. Pour une fois, son regard était tourné vers quelqu'un d'autre que moi. Ce gars aurait fait partie de son groupe de semblables si le métamorphe n'avait pas choisi le meurtre à la place.

Aaron resta dans l'embrasure de la porte, Alice juste derrière lui. Elle se tenait raide, comme si elle ne croyait pas totalement que les précautions prises seraient suffisantes pour nous protéger.

— Toi, grogna Nate. Commençons par les questions faciles. Quel est ton nom ?

Le regard du métamorphe glissa vers le visage de Nate, mais ses lèvres fines restèrent serrées. Il se balançait légèrement sur son siège, les épaules voûtées.

Nate se dressa de façon encore plus intimidante au-dessus de lui.

— Je ne veux faire de mal à personne, dit-il. Mais je viens juste d'envoyer quatre de mes proches, dont *vous avez contribué à la* mort, dans l'au-delà. J'en ai neuf autres en convalescence. Je ne suis donc pas très indulgent en ce moment. On peut faire ça de manière douloureuse si tu veux.

— Je n'ai rien à te dire, cracha le renégat.

Sa voix était légèrement traînante, je suppose que c'était à cause du tranquillisant.

Mon dos se raidit. S'il nous avait attaqués, je n'aurais eu aucun problème à voir Nate le massacrer. Et il n'y avait aucun doute dans mon esprit qu'il méritait de se venger. Mais si ce que nous voulions c'étaient des réponses, je n'étais pas sûre que la torture allait nous les donner. Nous avons vu des renégats se donner la mort, s'empaler sur nos griffes, juste pour éviter de parler. Ils ne semblaient pas attacher beaucoup d'importance à leur propre vie par rapport à leur cause.

— Je vais te reposer la question, dit Nate, son ton devenant encore plus sombre.

Il leva sa main, et elle se transforma en une patte de grizzly géante.

— Dis-nous juste ton nom.

Le renégat me fixait d'un regard hésitant mais défiant. Les mots sortirent de ma bouche avant même que je n'y réfléchisse.

— Il y a un autre moyen de le faire parler. Je peux utiliser les flammes de recherche de la vérité. Ça a marché sur le monarque fae.

Nate se tourna vers moi.

— Tu es sûre que tu es prête pour ça, Ren ?

J'haussai les épaules. Maintenant que j'étais volontaire, j'avais intérêt à l'être.

— J'ai eu une journée pour récupérer mon énergie. Et ce sera beaucoup plus rapide que tout ce que nous pourrions essayer. Tu sais comment sont les renégats.

— Oui.

Il regarda le métamorphe chien. Le renégat était resté là où il était, dans la même posture voûtée, mais je pensai qu'un peu de la couleur qui restait dans son visage jauni avait peut-être disparu. Il ne savait peut-être pas de quoi je parlais, mais il savait que ce n'était probablement pas bon pour lui.

Ça régla les choses.

— Faisons-le. Maintenant, pendant que le tranquillisant fait encore effet sur lui. Nous devons l'amener dans un endroit plus grand pour que je puisse me déplacer.

— Cela peut être arrangé.

Nate fit signe au garde.

Le reste de notre groupe recula hors de la pièce.

— Vous devrez poser la plupart des questions, dis-je aux autres alphas. Je ne peux pas tenir une conversation tant que je suis occupée à cracher des flammes.

— Je pense que nous pouvons gérer cela, Princesse, dit Marco avec un sourire sinistre.

Il rapprocha ses mains, la première recouvrant la seconde fermée un poing.

— Il y a un tas de choses que j'aimerais apprendre de ce connard.

Nate et son garde firent sortir le renégat de la cellule, Nate tenant les chaînes du bras et de la jambe gauche du prisonnier et le garde ceux de droite. Le métamorphe marchait lentement. Il me jeta un coup d'œil rapide par-dessus son épaule du coin de l'œil. Nerveux.

Nous montâmes l'escalier d'un pas lourd. Au moment où nous atteignions le hall, le renégat tira violemment ses bras. Il se projeta en avant et dans tous les sens, mettant toute sa force à briser l'emprise de ses geôliers.

Heureusement pour nous, Nate et son garde avaient beaucoup de force de leur côté, et celle du renégat était atténuée par la drogue. Nate lutta contre le métamorphe en secouant rapidement les chaînes. Alice s'approcha, les mains en poing.

— Tu peux marcher, ou on peut te porter, dit Nate. À toi de voir.

Le renégat lui fit une grimace. Puis il se remit à marcher.

Notre étrange procession prit un virage serré et se retrouva derrière la maison du domaine, dans une petite cour faite de terre battue et de touffes d'herbe.

— Ce champ est habituellement destiné au sport et aux entraînements en plein air, me dit Nate par-dessus son épaule. Nous aurons assez de place. Et nous pourrons utiliser ça.

Il traîna le renégat jusqu'à un rectangle en métal

dépassant de la terre. Un mini but de football, réalisai-je après un moment.

Nate et le garde attachèrent les chaînes aux solides poteaux. Le renégat tira sur ses liens, mais faiblement. Puis il se recroquevilla aussi près du sol qu'il put le faire, dans une pose de dégoût. Je suppose qu'il avait abandonné.

Je m'approchai de lui jusqu'à ce que je sois à quelques mètres. Il regardait juste le sol.

— Je ne ferai pas ça pour te torturer, mais je n'ai pas l'impression que ça soit si génial que ça non plus, dis-je. Si tu veux sauter cette partie, vous peux commencer par répondre aux questions maintenant. Dis-nous pourquoi tes « amis » et toi avez attaqué ce domaine.

Pas un mot.

Bien. Nous ferons ça à la manière des dragonnes.

Je reculai de quelques pas pour m'assurer que je ne le piétinais pas en me déplaçant. Avec une nonchalance qui devenait de plus en plus facile à chaque fois que je devais le faire, je retirai ma chemise et donnai un coup de pied à mon pantalon. J'avais déjà assez gâché mes vêtements avec mes changements impromptus au cours des dernières semaines. L'air chaud du soir s'abattit sur ma peau nue. Je me penchai en avant et laissai la métamorphose prendre place.

Puiser en moi et faire ressortir le côté dragonne de mon corps devenait de plus en plus facile. Je n'avais plus besoin de lutter. Les écailles et les serres attendaient juste de l'autre côté de ma peau, impatientes de se libérer. Je m'y ouvris et, avec un picotement exaltant, ma forme de dragonne se développa dans mon corps.

Littéralement. Mon cou s'allongea, mes yeux

s'aiguisèrent, mes dents s'allongèrent en pointe. Mes membres se stabilisèrent sous mon torse qui s'allongeait. Une queue barbelée s'élança derrière moi, et de grandes ailes poussèrent dans mon dos. Je les étendis au-dessus de moi, enlevant un peu de l'envie de m'envoler dans le ciel. Je n'étais pas utile là-haut pour le moment. Mon travail était ici, sur le sol.

Les flammes chatouillèrent le fond de ma gorge. Une chaleur plus profonde remplissait mes poumons de dragonne. Je pris une inspiration, sentant la différence entre les deux flammes que je pouvais lancer. La brûlure destructrice de mon feu de dragonne habituel, et la flamme vive et claire qui pouvait faire éclater la vérité. Même si une partie de moi voulait déclencher la première pour ce que le métamorphe avait fait ici, c'est la seconde que j'attirée dans ma bouche.

Je laissai les flammes violettes sortir en un flot chaud et se répandre sur le renégat.

Un glapissement s'échappa de sa gorge. Il se débattit contre ses chaînes, un marmonnement incohérent s'échappant de ses lèvres.

Pendant une seconde, je crus que mon pouvoir n'avait pas fonctionné. Que d'une certaine manière, ce métamorphe galeux avait assez de volonté pour résister là où même la reine des fées n'avait pas réussi. Puis sa bouche s'ouvrit pour répondre à ma demande précédente.

— Nous savions que la métamorphe dragonne allait venir ici avec tous les alphas, s'exclama le renégat. Les groupes de semblables commencent à se rallier. Nous devions montrer que même avec les alphas unis, nous, les renégats, avons plus de pouvoir. Nous pouvons vous détruire si nous le voulons. Les alphas n'ont plus le droit de tout décider. Ils doivent se plier à *notre* volonté.

Ouais, on va voir ça. Alors que mes flammes jaillissaient, Nate s'avança, les bras croisés sur sa poitrine musclée.

— Y a-t-il d'autres membres de votre groupe dans les environs ? Est-ce qu'ils préparent une autre attaque ?

— Il y a un grand groupe d'entre nous qui se rassemble dans le sud. Je ne sais pas exactement où. On ne me l'a pas dit, donc je ne pourrais pas vous le dire. Et nous continuerons à attaquer jusqu'à ce que les alphas et la métamorphe dragonne ne contrôlent plus l'espèce métamorphe.

— Qu'est-ce que tu penses va être si génial dans *cette* situation ? ajouta Marco.

Un gémissement se glissa dans la voix du métamorphe.

— Je ne sais pas. Je n'y ai pas vraiment réfléchi. Mais je n'aime pas qu'on doive tous se plier à vos règles, et que ceux qui ne le font pas soient tenus à l'écart. S'il n'y avait pas d'alpha, on serait tous pareils, on ferait nos propres règles.

Je ne pensais pas que ça se passerait exactement comme ça. Celui qui était à la tête du groupe de renégats doit être terriblement persuasif.

Un picotement inconfortable commençait à remplir mes poumons. Je ne pouvais pas soutenir ces flammes plus longtemps. Je grattai mes serres contre le sol dans ce que j'espérais être un avertissement pour les alphas.

— Combien d'entre vous sont encore là ? demanda rapidement Aaron.

— Peut-être vingt que j'ai rencontré. Des dizaines de

renégats dans tout le pays. Nous en recrutons de plus en plus chaque jour.

Le métamorphe se serra la tête, la secouant mais incapable de rester silencieux.

— Qu'avez-vous prévu comme prochains coups ? dit West.

— Je ne sais pas. Nous connaissons nos instructions juste avant d'agir.

Ma poitrine était carrément douloureuse maintenant. Je dirigeai un dernier tir de feu violet sur le renégat, et Nate posa une dernière question.

— Comment avez-vous passé les gardes pour entrer dans le domaine ?

Le renégat gloussa. Vraiment *glousser*, comme si la question était drôle.

— Oh, dit-il. Nous n'avons pas eu de problème de ce côté-là. Quelqu'un était heureux de nous aider. Un métamorphe raton laveur nommé Keith, un des gardes. Il nous a laissé entrer, comme l'avait fait votre précieux semblable.

4

Ren

Les flammes détecteurs de vérité m'avaient épuisée plus vite que tous mes autres pouvoirs de métamorphe. J'essayai de tenir quelques secondes de plus, pour donner à mes alphas une chance de pousser le renégat à donner plus de réponses, mais mon corps s'effondra. Le feu s'éteignit. Je m'effondrai sur moi-même, sous ma forme humaine.

Aaron fut à mes côtés en un instant, me tendant mes vêtements. Sa mâchoire était serrée. Alors que j'attrapai ma chemise, Nate nous dépassa d'un bond. Il s'était transformé en grizzli et chargeait le renégat.

Le métamorphe recula instinctivement. Mais quand Nate ouvrit ses mâchoires de façon menaçante, il s'affaissa pris dans ses chaînes.

— Vas-y, dit-il, réussissant à paraître à la fois dédaigneux et résigné. Arrache-moi la gorge. Je m'en fiche. Que vas-tu me faire d'autre de toute façon ?

Bonne question. Je jetai un coup d'œil aux autres alphas pendant que je m'habillais. Les sourcils de Marco étaient levés, sa bouche était tordue en un angle. La frustration couvait dans les yeux de West.

Nate laissa échapper une bouffée d'air et se jeta au cou du renégat. Mais ses dents n'effleurèrent même pas la peau. Il fit pivoter sa forme massive, se transformant à nouveau en humain.

— Emmenez-le, dit-il au garde ponctuant son ordre d'un coup de main. Je ne veux pas le voir, à moins que nous ayons à nouveau besoin de lui.

— Et le métamorphe raton laveur dont il parlait ? dis-je alors que le garde s'apprêtait à traîner le renégat hors de la cour.

Alice se précipita pour l'aider, puisque Nate était manifestement trop agité pour se joindre à lui.

— Si quelqu'un ici a aidé les renégats, ne devrions-nous pas...

— Ça n'a pas d'importance, dit West. Un des gardes qui est mort s'appelait Keith. À moins que ce soit un nom particulièrement commun parmi les semblables ici, je vais supposer que les renégats se sont assurés que leur « allié » ne pourrait pas raconter d'histoires.

— Il a eu ce qu'il méritait, alors, râla Nate.

Il a traversé la cour de long en large en tirant sur sa chemise.

Il avait détruit son jean dans sa transformation précipitée. Si la situation n'avait pas été aussi tendue, j'aurais pu apprécier la vue.

— Traître. Trahir son propre peuple comme ça. Il a

terminé la phrase par un grognement angoissé. Un de *mes* hommes.

Aaron se tourna vers lui.

— Nate, dit mon métamorphe aigle.

Avant qu'il ne puisse continuer, l'autre alpha secoua la tête d'un coup sec.

— J'ai besoin de réfléchir. Nous en reparlerons demain matin. Donne-moi la nuit pour donner un sens à tout ça. Si je peux.

Son regard me trouva.

— Je suis désolé, Ren. Ce n'est pas du tout comme ça que j'aurais voulu que ta première nuit ici se passe.

— Je sais, dis-je doucement. Ça me tuait de le voir souffrir autant. Si tu as besoin de quelque chose de ma part...

— Pour l'instant, je ne vais être de bonne compagnie pour personne.

Il pivota sur ses talons et se dirigea vers le domaine.

Mon lit semblait trop vide quand je me suis réveillée dans ma chambre. Je me retournai et étirai mes bras contre le matelas moelleux, sentant le vaste espace de part et d'autre de mon corps. Tout comme au domaine aviaire, le lit de la métamorphe dragonne était dimensionné pour cinq. Pour moi et mes compagnons. Mais aucun de ces compagnons n'avait passé la nuit avec moi cette fois-ci.

La brise qui passait par ma fenêtre entrouverte était chaude, mais je frissonnais en me redressant. Le ricanement du métamorphe chien résonna dans ma tête. *Il nous a laissé entrer, ton précieux semblable.*

Qu'est-ce qui avait pu pousser un membre de la famille des métamorphes à aider dans une attaque contre sa propre espèce ? Et si l'un d'entre eux a pu être persuadé, qui dit que d'autres ne l'avaient pas été ?

Pas étonnant que Nate et les autres aient été si bouleversés. Je commençais tout juste à comprendre les liens entre les groupes de semblables et leurs alphas, et même moi j'étais horrifiée.

Avec un peu de chance, Nate s'était calmé et s'était vidé la tête à présent. Je ne comprenais peut-être pas tout à fait la situation, mais j'en savais assez pour comprendre que nous devions parler et trouver une sorte de plan d'action autour de cette nouvelle révélation.

Comme dans le domaine aviaire, ma suite et celles attribuées aux alphas se trouvaient dans un hall séparé du reste de la maison, avec une branche qui menait à une salle commune privée. Celle-ci avait une vue sur un peuplement de séquoias. Une longue table en chêne se trouvait à l'une des extrémités, à côté d'un buffet garni d'aliments pour le petit-déjeuner. À l'autre extrémité, plus près de la fenêtre, se trouvait un groupe de fauteuils et de canapés.

Les odeurs d'œufs au plat et de saucisses devinrent aigre dans ma bouche à la vue de mes alphas réunis.

Nate assis, penché en avant dans l'un des fauteuils, la tête dans ses grandes mains. Marco se prélassait dans un autre fauteuil, paraissant toujours détendu comme un chat, mais je pouvais voir la tension qui crispait son corps musclé et élégant. Aaron se tenait derrière l'un des canapés, les mains appuyées contre le dos du meuble, comme s'il ne pouvait pas supporter de s'asseoir. Alice lui faisait de l'ombre, debout près de la fenêtre. Et West avait arrêté de faire les cent pas entre le salon et la table à manger pour me regarder d'un air renfrogné.

— Tu es là, dit-il. Nous pouvons enfin parler.

J'aurais pu protester que personne n'avait pris la peine de me réveiller pour me dire qu'on avait besoin de moi, mais je n'étais pas d'humeur à me chamailler avec lui.

— Je suis là, acquiesçai-je, en me dirigeant vers le coin salon. Est-ce qu'on sait quelque chose de nouveau ?

Nate secoua la tête. Il passa ses doigts dans ses cheveux noirs et se redressa sans croiser mon regard.

— Je n'arrive toujours pas à y croire. Les membres de ma famille ne s'en prennent pas les uns aux autres. Nous acceptons de travailler ensemble dans l'intérêt de chacun, malgré nos différences. C'est toute la *base* d'être des semblables de la famille des disparates.

Clairement, ça ne l'est pas, dit Marco.

Il avait peut-être cherché à prendre un ton taquin, mais sa blague tomba à plat. Nate le regarda fixement.

Comme le métamorphe ours ouvrait la bouche, Aaron le coupa.

— Ce n'est pas seulement la famille des disparates, dit-il, le ton rauque de sa voix plus prononcé que d'habitude. Le métamorphe hibou qui a attaqué Ren à mon domaine était aussi de ma famille.

La mâchoire m'en tomba.

— Quoi ? Mais elle...

Elle n'avait pas de marque qui la mettait dans le groupe des semblables, je voulais dire. Puis le souvenir se précisa dans ma tête. La femme aviaire qui m'avait attaquée portait des gants. J'avais d'abord pensé que c'était étrange, puis j'avais été tellement distraite par l'attaque et son histoire par la suite que je n'avais pas pensé à remettre en question ce point.

Mais Aaron lui avait parlé davantage, après que nous ayons découvert qu'elle avait été contrainte de suivre le groupe de renégats à cause des menaces contre son fils. Aaron était son alpha. Bien sûr, qu'il savait qu'elle était un de ses semblables.

Tous les regards se tournèrent vers l'aigle métamorphe.

— Et pourquoi est-ce la première fois que nous entendons parler de *ça* ? demanda Marco.

Les mains d'Aaron se crispèrent contre le haut du canapé.

— J'espérais que c'était un incident isolé, dit-il. Que les renégats avaient eu de la chance et avaient réussi à trouver un rare membre de la famille des aviaires qu'ils avaient les moyens de manipuler. Vous pensez que je *voulais* dire que ma famille n'était pas digne de confiance ? Mais maintenant je dois penser que nos familles de semblables ne sont pas si difficiles à manipuler après tout.

Mon cœur se serra. L'alpha aviaire m'avait déjà dit que les autres groupes de la famille méprisaient souvent son peuple. Ils les considéraient comme inférieurs à cause de leurs formes. J'aurais aimé qu'il me dise tout, mais cette tentative d'assassinat n'avait eu lieu qu'hier. Sa réticence était logique.

— Il ne s'agit pas de savoir si nos semblables sont dignes de confiance ou non, dit Alice sautant sur l'occasion, et venant se placer à côté de lui. Les renégats sont toujours derrière tout ça. Les renégats sont toujours ceux avec qui nous devons traiter.

— Je ne sais pas, dit West avec une pointe de tension dans la voix. Quand nous sommes restés dans le village de *ma* famille de semblables, les renégats n'avaient reçu aucune aide de mon peuple. Alors peut-être que nous pouvons porter quelques jugements sur qui faire confiance et à qui ne pas faire confiance.

— C'est la première fois qu'un membre de ma famille me trahit depuis seize ans que je suis alpha, dit Nate en se levant.

Il lança un regard noir l'alpha canin.

— Et je n'ai jamais entendu dire que cela s'était produit avant ma prise de fonction non plus. Nous verrons ce qui se passe sur ton domaine, n'est-ce pas ? Si nous y arrivons un jour, et que vous, les canins, ne nous jetez pas dehors pour devenir des anarchistes ou quoi que ce soit d'autre que vous avez prévu.

— Je fais ce qu'il y a de mieux pour ma famille de semblables d'abord, rétorqua West. C'est ça la loyauté envers la meute.

— Hey !

Je fis interruption, en levant les mains.

Je me mis entre eux, assez près de Nate pour qu'il recule. Je lançait un regard de travers à West.

— Nous avons assez de problèmes sans que vous vous en preniez les uns aux autres. À partir de maintenant, nous devons être très prudents, même entre proches. Restez sur vos gardes. Je ne pense pas que l'un d'entre nous devrait partir seul. C'est surtout moi qu'ils veulent blesser, mais ils ont aussi tué les alphas la dernière fois. Je veux que nous soyons tous en sécurité. Loin des danger des renégats, et en sécurité les uns par rapport aux autres.

Je dardai un regard sur Nate aussi. Il retomba sur sa chaise, la bouche tordue en un rictus.

— Tu as raison. Je vais faire attention à mon humeur.

West avait l'air légèrement chagriné, ce qui était à peu près le mieux que je pouvais espérer de lui.

— Très bien. Quels autres plans brillants as-tu à partager avec nous, Étincelle ?

Oh, génial. Une autre chance pour lui de me juger et de me trouver défaillante. Je tâtonnai pour trouver une réponse raisonnable.

— Le renégat que nous avons interrogé a dit qu'une partie de son groupe se rassemblait dans le sud, n'est-ce pas ? Nous devons les trouver et les éliminer avant qu'ils ne puissent lancer une nouvelle attaque surprise contre nous.

— Super. Voilà pour le « quoi ». La partie délicate est le « comment ». Tu as quelque chose de ce côté-là ?

— Le Loup, dit Marco depuis sa chaise. Au pied. À moins que *tu* n'aies un plan génial, je ne pense pas que tu devrais t'attaquer aux contributions de notre Princesse des Flammes.

Il me fit un sourire hésitant.

— Avant toute chose, nous devons savoir où se trouvent les renégats, dit Aaron, coupant toute remarque sarcastique que West aurait pu ajouter. C'est en partie ma faute pour ne pas avoir prévenu le reste d'entre de notre groupe plus tôt que nos familles de semblables pourraient être digne de suspicion. Je vais y aller. Je peux surveiller la zone rapidement sous ma forme d'aigle tout en attirant relativement peu d'attention. Je serai capable de repérer leurs mouvements sans m'approcher trop près pour qu'ils sachent que je suis autre chose qu'un oiseau ordinaire.

Le coin de sa bouche se courba légèrement vers le haut. Sa culpabilité brillait dans ses yeux bleu-clairs. J'avalai de travers.

— Tu ne devrais pas y aller seul non plus. Je peux venir avec toi.

— Sous forme de dragonne ? dit-il doucement. Tu ne peux pas laisser les gens te voir planer dans tous les sens, Serenity. Et tu travailles encore sur ton endurance. Cela peut prendre des heures, voire des jours, pour que je les localise, si je le fais.

Je fronçai les sourcils, mais je ne pouvais pas contester sa logique. Et même si aucun de ces points n'étaient vrais, les renégats se disperseraient dès qu'ils verraient un dragonne passer en piqué. Nous avions besoin qu'ils pensent que nous n'étions pas après eux pour pouvoir retourner la situation. Créer notre propre surprise pour prendre le dessus.

— *Je n'aurai* aucun de ces problèmes, dit Alice. Tu auras de la compagnie.

Aaron se tourna vers sa sœur. Je veux que tu restes ici avec Serenity. Elle a plus besoin de protection que moi.

— Elle a déjà ces trois crétins qui s'occupent d'elle, protesta Alice en désignant les autres alphas. L'insulte ne semblait pas déranger Nate, mais la lèvre de West se plissa de dégoût et Marco sembla vaguement offensé.

— Des têtes de linottes qui ne peuvent pas passer dix minutes ensemble sans se disputer, dit Aaron avec légèreté. Je pense qu'elle pourrait vouloir une pause loin des gars de temps en temps. S'il te plaît, Alice. Je n'ai pas l'intention de prendre des risques inutiles. Je ne confronterai pas les renégats, pas même si je n'en vois qu'un seul. C'est une simple mission de reconnaissance.

— Peux-tu au moins revenir pour la nuit ? dis-je. Pour faire un rapport de tout ce que tu as vu, même si ce n'est pas grand-chose ? Il faudra bien que tu dormes un jour ou l'autre.

Aaron hésita puis hocha la tête.

— C'est faisable. Je préfère ne pas vous causer plus de soucis que nécessaire.

Il contourna le canapé et s'approcha de moi. Quand il toucha ma joue, je levai instinctivement mon visage vers le sien. Il m'embrassa brièvement, mais pendant le bref moment où nos lèvres s'étaient rencontrées, tout ce que je voulais, c'était m'accrocher à lui et ne plus le laisser partir. Son odeur salée provenant de la brise marine se répandit sur moi, calmant un peu mes nerfs.

— Je te verrai ce soir, Serenity, dit-il en me regardant droit dans les yeux.

Entendre mon nom complet dans sa voix mesurée faisait battre mon cœur encore plus. C'est seulement parce qu'il semblait si sûr de lui que je réussis à le lâcher.

Alice vint à mes côtés alors que son frère sortait. Elle toucha mon épaule.

— Je voulais aller avec lui parce que nous serons plus forts ensemble, pas parce que je pense qu'il ne peut pas se débrouiller tout seul. Il s'occupera de ces renégats s'il le faut.

— Ouais, dis-je. Et si les renégats en question étaient armés ?

Aaron avait promis qu'il n'irait pas les confronter. S'ils ne savaient pas que l'aigle volant au-dessus de leur tête était un métamorphe, ils ne l'ennuieraient pas, n'est-ce pas ?

Je me frottai la tempe.

— Eh bien, nous autres, on ne peut pas rester assis à l'attendre. Qu'allons-nous faire en attendant ?

— Il y a une fête de bienvenue déjà organisée pour ce soir, dit Nate tranquillement. Je ne voulais pas l'annuler. Nous devrons garder un œil attentif sur ceux qui viennent au domaine.

— Raison de plus pour que je reste collée à Serenity, dit Alice en glissant sa main autour de mon coude.

Sa prise était douce mais ferme.

Une pensée glaciale me frappa.

— C'est sur les gardes qu'on comptera pour vérifier qui va et vient, n'est-ce pas ? dis-je. Et si le métamorphe raton laveur n'était pas le seul que les renégats avaient convaincu ?

La posture de Nate se raidit.

— J'ai choisi les gardes de ce domaine avec soin. Les gens sur lesquels je savais que je pouvais compter.

— L'un d'eux a déjà prouvé que tu avais tort, a fait remarquer West.

— Si j'en découvre d'autres...

Nate ne semblait pas pouvoir finir sa phrase. Un grondement de frustration émanait de sa poitrine.

— Pourquoi ne leur parle-t-on pas au moins ? dis-je. Je suis assez sensible aux motivations des gens. Si nous rassemblons le reste des gardes et que je parle un peu à chacun d'entre eux, alors nous saurons que nous n'avons plus à nous inquiéter d'avoir d'autres traîtres dans nos rangs.

Nate soupira.

— Tu as raison. Je peux appeler ceux qui ne sont pas en service pour un briefing, et tu pourras leur parler pendant ce temps. Je vais faire cette réunion maintenant.

Il se leva et se dirigea vers la porte. Alors que j'allais le suivre, West expira en marmonnant. — Eh bien, ça devrait être un spectacle intéressant.

Je décidai de ne pas honorer ce commentaire d'un regard noir.

5

Ren

— Alignez-vous le long du mur, ordonna Nate au groupe de gardes.

Ce nouveau groupe, deux douzaines de métamorphes, se déplaça pour se répartir dans l'immense salle à manger.

J'attendis qu'ils s'installent contre les briques apparentes. Ils venaient de terminer leur service après que j'ai parlé aux gardes qui avaient pris leur relève. Jusqu'à présent, je n'avais pas vu de raison de s'inquiéter. Pour autant que je puisse dire, Nate avait choisi ses gardes plutôt bien.

Les autres alphas s'étaient éloignés pour vaquer à leurs occupations, mais Alice était restée dans les parages. Elle était assise perchée sur le bord d'une des grandes tables en pin. La façon dont ses yeux perçants scrutaient la file d'attente lui donnait l'air d'un aigle, même sous sa forme humaine.

— Voici notre métamorphe dragonne, Serenity Drake, dit Nate, en élevant sa voix pour qu'elle porte dans la pièce.

Il trébucha légèrement sur mon nom complet, tellement habitué à utiliser le surnom avec lequel j'étais le plus à l'aise.

— Lors de sa première visite ici, elle voulait avoir la chance de vous rencontrer et de vous parler à tous. En tant que votre alpha, je sais que vous rendrez votre famille fière.

Nous ne leur avions pas dit la raison complète de ce rassemblement, mais je savais que le mot était passé sur ma conversation avec le renégat. Ils savaient que c'était plus qu'une simple discussion amicale.

— Salut, dis-je au premier garde de la file, en baissant légèrement la tête pour qu'il puisse sentir mon odeur.

Il fit de même en retour - un furet.

Il en avait l'air. Ses yeux sombres m'étudiaient avec méfiance avec son visage pointu. Mais il était dur, aussi, ses bras étaient couverts de muscles.

— Comme Nate l'a dit, je suis Serenity, mais je préfère vraiment que tu m'appelles Ren.

— Mitchell, dit-il. C'est un honneur de vous rencontrer, métamorphe dragonne.

Il ne le pensait pas vraiment. Je pouvais sentir son hésitation. Mais ce n'était pas nouveau. J'avais eu la même impression de la part de la moitié des autres membres du groupe, comme s'ils n'étaient pas sûrs que leur famille de métamorphes soit mieux ou moins bien lotie avec moi.

— Pourquoi vous êtes-vous porté volontaire pour servir comme garde ici ? demandai-je.

Son regard glissa vers Nate, et je ne sentis que de la dévotion chaleureuse de sa part.

— C'est le *plus grand* honneur d'être au service de mon alpha. Si j'épargne à ma famille ne serait-ce qu'un petit problème en son nom, je ne pourrais pas demander mieux.

Je compris ce qu'il ne disait pas dans l'intensité de sa voix. Il rejeta la faute des problèmes qu'ils venaient d'avoir ici sur moi. Eh bien, c'était compréhensible. Les renégats n'auraient pas lancé leur attaque s'ils n'avaient pas su que j'étais en route pour le domaine. J'avais eu la même impression de la part des autres sceptiques.

Bien sûr, certains membres de la famille de Nate dégageaient encore ces effluves de crainte des métamorphes-dragonnes auxquels j'étais en train de m'habituer. Un peu plus loin sur la ligne, une chèvre des montagnes se balançait sur ses pieds, presque étourdie, inclinant sa tête vers moi. Ses yeux brillaient d'excitation.

— J'ai entendu dire que tu as fait dire la vérité à ce renégat avec ton feu de dragonne hier soir, dit-il après avoir répondu à mes questions. Qu'il ne pouvait rien faire pour t'arrêter ! C'est vraiment une bonne chose d'avoir à nouveau une métamorphe dragonne dans les environs.

— Je suis heureuse que tu le penses, dis-je avec un sourire.

J'espérais juste être à la hauteur de ses attentes.

J'avais parlé avec environ la moitié des gardes quand j'atteignis un métamorphe qui m'accueillis avec un large sourire. Il aurait dû avoir l'air amical, mais il y avait quelque chose de légèrement nerveux chez lui qui m'a mise sur les nerfs.

Je lui fis le même salut qu'aux autres. Il s'inclina d'un air jovial. Je l'aurais bien aimé s'il n'y avait pas eu cette aura de malaise qu'il dégageait.

— Mon est Orion, dit-il. Un grand nom pour un petit gars. Ma mère pensait que ça me rendrait plus impressionnant.

Le coin de ma bouche se courba en un sourire malgré moi.

— Tu dois être plutôt impressionnant si ton alpha t'a choisi comme garde.

— Ah, je fais ce que je peux. Un peu de furtivité ici, un peu de rat-jitsu là.

Il fit un clin d'oeil.

Encore une fois, j'étais frappé par le sentiment qu'il n'était pas aussi à l'aise que la façade qu'il montrait était censée le laisser entendre. Il voulait que je rie et que je passe à autre chose. Et le plus tôt je le ferais, le plus heureux il serait. Mais les émotions qui se cachaient derrière son attitude joviale n'étaient ni ennuyeuses ni sceptiques.

Non, il avait plutôt *peur* de mon attention. Hmm.

Eh bien, je le laissai penser qu'il avait obtenu ce qu'il voulait.

— Continues à faire du bon travail, alors, dis-je, et je continuai.

Aucun des autres gardes ne m'avait pris à rebrousse-poil. Quand j'atteignis la fin de la file, j'ai pu voir plusieurs d'entre eux traîner les pieds, impatients d'être renvoyés à leurs occupations. Ils venaient de terminer un long service. Avec ce plan, j'avais probablement irrité tous ceux qui n'étaient déjà pas impressionnés par moi.

Je touchai le bras de Nate et me penchai vers de lui.

— Ils peuvent tous partir sauf Orion. Je veux avoir une discussion en tête-à-tête avec lui.

Les yeux de Nate s'assombrirent.

— Tu penses qu'il est aussi de mèche avec les renégats ?

— Je ne sais pas encore dis-je. Alors ne passe pas tout de suite en mode grizzly avec lui. Il y a juste quelque chose qui cloche chez lui. Différent de ceux qui pensent juste que je pourrais causer plus de problèmes que je n'en résous.

Nate se hérissa.

— Si quelqu'un dit quoi que ce soit...commença-t-il et je tapotai son bras.

— C'est bon. Je ne leur en veux pas. Allons voir ce qui se passe avec le rat musqué, d'accord ?

La subtilité n'était peut-être pas le point fort de Nate, mais il réussit à isoler Orion sans que cela se voit totalement. Mon métamorphe ours s'approcha de la porte avant de dire aux gardes qu'ils étaient libres de partir. Alors qu'ils passaient devant lui, les postures se relâchant, il attrapa le métamorphe rat musqué et le tira vers le côté.

— Il y a encore une chose dont je voulais discuter avec toi, dit-il, comme si cela n'avait rien à voir avec moi.

Deux autres gardes le regardèrent avec curiosité. De l'autre côté de la pièce, je sentis la tension se marquer dans le corps d'Orion.

Non, il n'était pas du tout content de ce développement.

Alice descendit de la table en sautant.

— On devrait aller dans un endroit un peu moins...

vaste ? Je me sens mieux quand j'ai les murs plus proches dans mon dos.

— Oui, dit Nate. Je pense qu'un peu d'intimité est nécessaire pour cette discussion.

— Je... ne comprends pas ? dit Orion alors que Nate le dirigeait vers une porte latérale à l'autre bout du hall.

— De quoi s'agit-il ? dit-il en évitant soigneusement de me regarder.

— Je pense qu'on le découvrira une fois qu'on aura parlé, dit Nate. Allez.

Il donna une légère tape sur la tête du métamorphe rat musqué pour le pousser à continuer. Peut-être pas si légère, en fait. Le petit gars a grimacé.

Orion avait bien joué le rôle du joker au milieu de la file, mais à mesure que nous nous enfoncions dans le palais, son stress commençait à se manifester. Il passa sa main dans ses cheveux noirs hirsutes. Sa mâchoire étroite se crispa. Lorsque Nate ouvrit une porte au bout du couloir et lui fit signe d'entrer, ses jambes vacillèrent pendant une seconde avant qu'il n'obtempèra.

Je suivis, jetant des regards approbateurs. Nate n'avait pas choisi quelque chose qui ressemblait à une salle d'interrogatoire froide. La pièce ressemblait à un bureau : des bibliothèques encastrées remplies de livres et de classeurs, un bureau à une extrémité et trois chaises en cuir à l'autre. Alice, qui semblait apprécier les points de vue plus en hauteur, sauta pour s'asseoir sur le bord du bureau. Nous autres prîmes les chaises.

Orion tordit ses mains sur ses genoux. Son regard glissa vers moi, puis se posa sur son alpha.

— Vous devez savoir, dit-il d'une voix tendue, je

n'avais aucune idée que cette attaque allait se produire. Je n'ai rien fait pour menacer la sécurité du domaine ou de mes semblables ici. Je ne le *ferais pas*.

— Je *pensais que* je le savais, dit Nate à voix basse. Mais après ce qui s'est passé l'autre soir, je suis sûr que tu peux comprendre que nous devons être absolument sûrs de vous tous. Si quelque chose te tracasse, tu peux nous le dire.

Le choix des mots d'Orion ne m'avait pas échappée. Il les avait choisis avec soin. Il n'était pas au courant de l'attaque. Il n'avait rien fait pour blesser sa famille de métamorphes. Il restait un tas d'autres choses qu'il aurait pu savoir ou faire, ou qu'il aurait pu vouloir faire.

— Orion, dis-je, aussi doucement que possible, tu peux évidemment voir que nous t'avons choisi pour une raison. *Quelque* chose te ronge. Quelque chose qui n'était pas un problème pour aucun des autres gardes. Je ne sais pas si tu as réalisé, mais l'une des capacités d'une métamorphe dragonne est sa sensibilité aux émotions et aux motivations des gens. Je sais que tu as peur de moi. Je veux juste savoir ce que tu as peur que je fasse.

Il s'humecta les lèvres.

— N'est-il pas normal d'être un peu nerveux face à quelqu'un qui peut se transformer en une créature mythique un milliard de fois plus grande que moi ?

Bon sang, il m'a fait sourire à nouveau.

— Ma forme de dragonne n'est pas aussi énorme. Et en fait, d'après ce que j'ai vu, ta réaction n'est pas normale. La plupart des membres de ta famille et les autres membres de la famille à qui j'ai parlé savent que mon travail de métamorphe dragonne est de veiller sur vous tous. Je suis de votre côté. Une alliée, pas une ennemie. À moins que tu n'aies fait quelque chose qui fasse de toi *mon* ennemi.

Le métamorphe rat musqué regarda ses mains. Ses ongles avaient des bords rognés, comme s'il les avait peut-être grignotés. Sa bouche se tordit.

— Je n'ai rien fait, dit-il.

— Mais peut-être que tu y as pensé ? suggérai-je. Je dois supposer que si les renégats sont arrivés jusqu'à Keith, ils ont aussi essayé de tâter le terrain auprès des autres gardes. Peut-être que tu leur as parlé. Peut-être que tu as envisagé de faire plus.

Ses épaules se tendirent. Il n'a pas eu besoin de dire quoi que ce soit. Je pouvais lire sa culpabilité aussi clairement que si elle était imprimée sur sa chemise.

Elle rayonnait de lui assez fortement pour que Nate le remarque aussi. Il se leva, dépassant son garde. Sa voix sortit en un grognement.

— Si tu as eu des contacts avec les renégats...

Je levai la main, et Nate avala le reste de sa menace avec un grondement.

— Dis-nous, m'adressai-je à Orion. Nous découvrirons la vérité d'une manière ou d'une autre. Si tu es vraiment loyal envers tes semblables et ton alpha, alors après ce que les renégats ont fait ici aujourd'hui, tu devrais savoir que les aider va à l'encontre de tout ce que tu es supposé représenter.

— Je voulais juste entendre ce qu'ils avaient à dire, lâcha Orion. Certaines des choses qu'ils ont dites... Il semblait qu'ils avaient des idées qui rendraient les choses meilleures pour tous les semblables, pas seulement pour eux.

Il se tut comme s'il n'avait pas voulu en dire autant. Ses doigts s'enfoncèrent dans le coussin du siège.

— Ok, dis-je. Bien. Comme quoi ? Je veux que les choses aillent mieux pour tous les semblables, moi aussi.

Orion me jeta un regard affolé. Je sentis l'émotion dans ce regard aussi.

— Non, ajoutai-je, je ne vais probablement pas aimer ta réponse. Mais je veux quand même l'entendre. Je jure sur mon sang de métamorphe dragonne que je ne vais pas te punir juste pour avoir partagé tes pensées. D'accord ?

La force de mon serment sembla le convaincre de parler.

— Je suis encore en train de décider ce avec quoi je suis d'accord, dit-il. Ils ont dit des choses comme quoi peut-être nous ne devrions pas être gouvernés par une métamorphe qui n'a aucun lien avec aucun de nos semblables. C'est...

Ses yeux se tournèrent vers Nate.

— ...Que peut-être nos alphas devraient se concentrer entièrement sur nous et ne pas essayer de rendre tous les autres groupes heureux.

— N'a aucun *lien* ? dit Nate, le volume de sa voix plus fort. La femme que tu regardes est la fille de l'alpha qui dirigeait notre espèce avant moi. Bon sang, Orion, nous n'avons même pas *de* genre si ce n'est que nous ne sommes pas l'un des autres principaux types de métamorphes. Et tu étais prêt à voir le sang couler...

— Non ! Orion protesta en couinant. Je vous l'ai dit, je ne savais pas, je n'ai jamais voulu...

— Maintenant, regarde, a dit Nate, en l'attrapant par le devant de sa chemise. L'énergie ondulait sur lui comme s'il était sur le point de se transformer. Je me levais aussitôt. Ce n'était pas comme ça que je voulais que cette conversation se passe.

Je repoussai Nate avec une main sur son épaule. Sa colère roula sur moi, mais son expression s'adoucit quand il croisa mon regard.

— C'est bon, lui dis-je. J'ai demandé ces réponses. Je peux m'en occuper. Peut-être que tu devrais attendre dehors pendant quelques minutes ? Je pense que ce serait mieux si je parlais à Orion seule, sans le tempérament d'un alpha dans la pièce avec nous.

Nate lâcha la chemise d'Orion. Le métamorphe se recroqueville sur sa chaise. Les mains de Nate se refermèrent en poings sur ses côtés et se rouvrirent.

— Nous ne pouvons pas lui faire confiance. Je ne veux pas te laisser seule avec ce traître.

— Il n'a encore trahi personne, fis-je remarquer. Et je peux me transformer en dragonne, tu te souviens ? Je pense que je peux gérer un rat musqué.

— Je parie, aussi, qu'elle le peut, ajouta Alice.

Elle s'approcha et fit signe à Orion.

— Lève-toi. Je dois juste m'assurer que tu n'as pas d'armes sur toi.

Il se tint raide quand elle le palpa. Elle fit un pas en arrière, posant ses mains sur ses hanches. — La voie est libre. Allez, M. Grizzly. Qu'est-ce qu'il va faire, la frapper avec des livres ? On pourra entendre ce qui se passe ici juste derrière la porte.

Elle arqua un sourcil vers moi.

— Cries si tu as besoin de nous.

Nate grommela sans mot dire, mais la suivit dehors. Lorsque la porte se referma avec un bruit sourd derrière eux, Orion s'assis sur sa chaise. Je fis de même. Il me regarda avec des yeux qui semblaient soudainement vides et sans espoir.

— Tu vas me faire frire maintenant ? demanda-t-il. Comme tu l'as fait avec le renégat que vous avez attrapé ?

Ah. Je suppose que je savais de quoi il avait le plus peur maintenant.

Je me penchai en avant.

— Je n'en avais pas l'intention, mais je le ferai si je dois le faire. Ça ne fait pas mal, du moins pas beaucoup. Pas assez pour te tuer.

Il n'avait pas l'air très rassuré par ces faits. Continuons...

— Je l'ai utilisé seulement parce que ton ami renégat ne voulait pas nous parler du tout. Ce qui compte le plus pour moi, c'est de protéger tous les membres de famille des métamorphes. Je ne veux pas qu'une personne de plus meure sous ma surveillance.

Orion se frotta la bouche.

— Il n'est pas mon ami, dit-il. Je ne m'associerai jamais à quelqu'un qui a fait ce qu'il a fait.

— Mais tu n'es toujours pas sûr de vouloir tourner complètement le dos aux renégats, rajoutai-je en lisant son langage corporel. Tu penses toujours qu'ils pourraient avoir raison. À propos de moi.

Il inspira d'un souffle rauque.

— Nous n'avons pas eu de métamorphe dragonne depuis que j'ai cinq ans. Je t'ai rencontré il y a seulement une demi-heure. Je ne sais pas.

Mais il le voulait. Je le sentais sous l'incertitude et la peur. Il *voulait* que je le convainque qu'il pouvait croire en moi. Autant qu'il avait probablement espéré que les renégats lui offriraient des conseils auxquels il pourrait croire lorsqu'il avait envisagé leurs idées.

Je ne savais pas comment lui donner ça. Le mieux que j'avais pu trouver, c'était d'être honnête.

— Je peux te dire un secret, Orion ? dis-je.

Son expression devint perplexe.

— Très bien.

Je pris une grande inspiration. Ma poitrine se contracta avant que je ne la force à libérer les mots.

— Je me suis inquiétée des mêmes choses que toi. À savoir si je pouvais vraiment aider. Si ma présence ici changeait les choses en bien ou en mal. Et je suis encore en train de le découvrir. Je ne savais même pas que j'étais une métamorphe dragonne il y a un mois. Je ne savais même pas qu'il existait une chose telle que les métamorphes.

Orion me fixait comme s'il ne pouvait pas imaginer ne pas savoir. Je suppose qu'il ne pouvait probablement pas.

— Mais tu es censée nous diriger tous.

— Oui, dis-je. C'est le point de friction, n'est-ce pas ? Mais je peux te dire ceci. Je fais tout ce que je peux pour apprendre et accepter mon rôle aussi vite que possible. Je sais que je *veux* être la métamorphe dragonne dont vous avez tous besoin. Je ferai tout ce que je peux, tout ce qu'il faut, pour vous voir tous heureux et en sécurité. Et d'après tout ce que j'ai vu, les renégats veulent exactement le contraire de ça. Ils seront heureux de vous dire le contraire pour pouvoir vous utiliser, mais regardes comment ils ont traité ton collègue. Il les aidait, et ils l'ont tué pour se protéger. Peut-être que tu ne peux pas encore me faire confiance, mais tu dois voir que tu ne peux pas leur faire confiance.

Il baissa la tête. Quand il parla, sa voix était calme.

— Alors qu'est-ce que tu veux de moi ?

Bonne question. J'y avais réfléchi.

— Je veux savoir tout ce que tu as découvert sur les renégats et leurs plans, afin que je puisse m'assurer que ce qui s'est passé ici hier ne se reproduise pas.

Il hocha la tête.

— Je ne peux pas te dire grand-chose. Ils ne m'en diraient pas plus à moins que je ne prouve que je m'allie à eux. Ils nous approchaient lorsque nous patrouillions en dehors des murs du domaine, les fois où nous nous retrouvions seuls pendant un moment. Je pense qu'ils devaient avoir des gens qui surveillaient la zone juste pour ça — mais peut-être plus maintenant. Celui à qui j'ai parlé était un métamorphe renard.

— Comment pourrais-tu les contacter si tu décidais de rejoindre leur cause ?

— Je ne suis pas sûr.

Il écarta ses mains.

— Ils ont dit qu'ils allaient me contacter. Je ne sais pas comment.

— Mais si c'était le cas, tu nous le dirais maintenant ?

Il leva la tête.

— Oui, dit-il. Je viendrais directement à mon alpha.

Je goûtai l'honnêteté dans ses mots. Il était toujours effrayé, toujours déstabilisé. Mais il était aussi contrarié par ce qu'il avait vu les renégats faire. Il n'avait vraiment rien fait pour nous blesser pour le moment.

Peut-être que pour me faire confiance, ce dont il avait besoin, c'était que je lui fasse confiance.

6

Nate

La voix d'Orion rebondit sur les murs étroits de la cellule de détention.

Mais j'ai coopéré ! protesta mon ancien garde alors qu'un de mes gardes actuels lui assénait un coup de tranquillisant.

— J'ai répondu à ses questions. Je n'ai rien fait de mal !

— Tu as parlé avec des métamorphes qui tu sais veulent nous baiser, répondis-je, retenant à peine ma colère. Tu ne m'as pas dit ce qui se passait. Tu as envisagé de les suivre. Sois heureux que notre métamorphe dragonne soit miséricordieux, parce que crois-moi, j'aimerais te faire bien pire que ça.

Le métamorphe rat musqué ouvrit la bouche comme pour argumenter davantage, mais la drogue faisait déjà effet. Son menton trembla, puis son corps s'affaissa. Le garde qui le retenait le laissa tomber sur le banc de la salle de détention. Il se tourna vers moi.

— Dois-je l'enchaîner ?

Je secouai la tête.

— S'il se réveille suffisamment pour se transformer, ces choses ne le retiendront pas. Assurez-vous juste qu'il soit suffisamment tranquillisé jusqu'à ce que je décide où il va finir.

Il acquiesça d'un mouvement de tête et jeta un dernier regard dédaigneux à son ancien collègue. Il quitta la pièce en reniflant. Notre prétendu traître n'était pas prêt d'aller où que ce soit.

Je traversai le hall, mes muscles me démangeaient. J'avais tellement envie de me transformer. Me transformer et me mettre en colère, griffer le sol, frapper les murs, évacuer toute la frustration qui bouillonnait en moi depuis hier soir.

Mais je n'étais pas juste un animal. Je savais que me transformer en ours furieux n'allait aider personne.

— Vous allez bien, monsieur ? me demanda le garde.

— Oui, répondis-je. Retournes à ton poste habituel. Et merci.

Non, je n'allais pas bien, pas du tout. J'avais mal jugé ma propre famille de métamorphes. J'avais amené ma nouvelle âme-sœur, celle que j'attendais depuis le moment où je suis devenu alpha il y a des années, dans le pire des dangers. Je ne pouvais même pas lui promettre qu'elle serait en sécurité dans les murs de mon domaine.

Elle aurait dû se réjouir d'une grande fête ce soir, une fête qui aurait rivalisé avec la réception qu'elle avait reçue au domaine aviaire. Au lieu de cela, nous avons limité les invités, vérifié qu'ils n'avaient pas d'armes, créé une atmosphère d'anxiété. Et tout le monde aurait été anxieux de toute façon après l'attaque de l'autre nuit. La nouvelle aura fait le tour de la campagne maintenant.

Nous devions faire taire ces renégats pour de bon. Peut-être que nous aurions dû avant même de trouver Ren.

C'était devenu facile d'ignorer le problème au fil des ans. À la suite des meurtres des précédents alphas, j'étais trop occupé à apprendre mon rôle pour proposer une contre-attaque. Certains membres de la vieille garde avaient essayé de traquer autant de renégats que possible, mais les coupables s'étaient cachés. Et ils n'avaient pas causé beaucoup de problèmes depuis.

Parce qu'ils pensaient avoir obtenu ce qu'ils voulaient, je devais supposer.

Je rôdais dans les couloirs de ma maison, sans trop savoir où j'allais, mais j'avais besoin de bouger. Je m'arrêtais quand je vis un de mes assistants arriver à l'angle.

— Vernon, dis-je. L'alpha aviaire est-il déjà de retour ? Aaron ?

Le métamorphe panda cligna ses grands yeux ronds.

— Pas que je sache, monsieur. Je peux demander au cas où j'aurais manqué son arrivée.

J'écartai cette suggestion. Si l'alpha aviaire était revenu, je ne pouvais pas imaginer qu'il aurait été silencieux avec ses nouvelles.

— C'est bien. Viens me trouver si tu le vois.

Je poursuivis ma route, mes pieds me portant sans réfléchir vers l'aile où se trouvaient les quartiers de mes conseillers. L'endroit où l'attaque de l'autre nuit avait été la plus brutale. Mes hommes s'étaient précipités pour nettoyer aussi vite qu'ils le pouvaient, mais un trou de balle marquait encore un mur. Il y avait des éraflures sur le plancher qu'aucun polissage n'allait effacer.

Ma mâchoire se crispa. Je toquai à la première porte à ma droite.

Yvonne l'ouvrit un moment plus tard. La majestueuse métamorphe avait été l'une des premières conseillères de l'ancien alpha à me prendre sous son aile alors que je n'étais encore qu'un petit garçon. Aujourd'hui, ses cheveux argentés étaient dégagés de son visage par sa tresse habituelle, mais ses yeux étaient plus usés que d'habitude. Lourds de chagrin.

— Mon alpha, dit-elle en inclinant la tête. Qu'est-ce qui t'amène ici ?

— Je voulais juste prendre de tes nouvelles. Voir comment tu vas.

— Eh bien, à peu près pareil. Veux-tu entrer ?

J'acceptai l'invitation. Yvonne ne l'aurait pas proposée si elle avait voulu être seule, même quand il s'agissait de son alpha.

Le salon à l'avant de ses quartiers sentait comme depuis mon enfance, le trèfle et le soleil. La table basse qui se trouvait entre les deux canapés avait disparu, cependant. Je réalisai avec une douleur à l'estomac pourquoi. Elle avait dû se casser pendant l'escarmouche.

— Si tu veux changer de chambre, il y a quelques suites inoccupées, dis-je.

Yvonne secoué la tête.

— Nous avons vécu dans ces pièces pendant trente

ans, et je resterai jusqu'à ce que tu n'aies plus besoin de moi comme conseillère.

— Eh bien, ce jour n'arrivera jamais.

Je lui adressai un sourire hésitant. Le fait qu'elle ait réussi à me le rendre me rassura un peu. Je cherchai un autre sujet de conversation.

— Que penses-tu de notre métamorphe dragonne ?

— Oh, c'est une fougueuse, n'est-ce pas ?

Son sourire s'agrandit, mais il semblait aigre-doux.

— Disant qu'elle va mettre fin aux renégats. Est-elle vraiment prête pour la bataille qui s'annonce ?

Même si j'appréciais beaucoup Yvonne, la question me hérissa le poil.

— Ren a fait face à plus de problèmes ces dernières semaines que la plupart d'entre nous en une vie. Je dirais qu'elle s'en est bien sortie.

— Doucement, du calme.

La métamorphe me tapota le bras.

— Je ne voulais rien insinuer par là. Bien sûr, tu vas soutenir ton âme-sœur. Je voulais simplement dire qu'il semble que la pression sur elle ne va cesser d'augmenter. Elle n'a eu aucun entraînement, aucun temps pour préparer son esprit à ce qui l'attend. J'espère qu'elle pourra rester stable, mais ce sera dur pour chacun d'entre nous.

— Exactement, dis-je.

Un peu d'intensité se glissa dans mon ton, me rappelant certaines des réactions hostiles de mes gardes à l'égard de Ren.

— Ce n'est pas juste envers elle, d'être amenée dans notre monde alors que la communauté est dans un chaos plus grand que jamais. Mais nous allons trouver une solution, tous les cinq, ensemble. C'est ce pour quoi nous nous sommes entraînés. Personne ne devrait le remettre en question.

Yvonne m'a regardé avec ses yeux clairs et tristes.

— Parfois, je pense que nous avons des esprits humains juste pour pouvoir remettre les choses en question. Même les gens qui essaient de nous montrer le chemin.

~

Ren

— Vos invités commencent à arriver, annonça Alice. Tu veux aller les voir ?

Je stoppais là où je tournais dans mon salon, essayant de penser à ce que j'avais râté avec Orion, à la façon dont j'aurais pu mieux le conquérir.

Un moyen d'être sûre que j'avais réussi à le convaincre.

La vue par la fenêtre me disait que le soleil était encore au-dessus des arbres.

— Je croyais que la fête de bienvenue avait lieu ce soir.

Alice haussa les épaules.

— Apparemment, les différents membres de la famille des métamorphes disparates ont aussi un sens du temps différent.

Ses lèvres se retroussèrent à la plaisanterie.

— Je me disais juste dit que tu pourrais avoir besoin d'une distraction.

Oui, probablement. Je soupirais et roulais les épaules, pas sûre que rencontrer un groupe d'étrangers — des métamorphes étrangers qui n'étaient pas à moitié aussi impressionnés par moi que les autres groupes de métamorphes que j'avais rencontrés — était le genre de distraction que je voulais. Mais c'était ce que j'avais.

— Je pense que je ferais mieux de mettre quelque chose d'un peu plus chic, dis-je, en regardant le jean et le tee-shirt que j'avais mis ce matin. J'avais déjà vérifié toutes les armoires de la suite de la métamorphe dragonne. Il y en avait une avec des vêtements décontractés, Dieu merci, mais la plupart étaient remplies de vêtements formels et chics dans lesquels les métamorphes aimaient apparemment nous voir parés, leurs alphas et moi.

J'avais déjà jeté mon dévolu sur une robe : une robe en satin à longueur de cheville dans une teinte indigo si profonde qu'elle était presque noire. Cela ne semblait pas être le bon moment pour quelque chose de flashy. Je fouillai dans les cintres pour la trouver et je me débarrassai de mes vêtements pour l'enfiler.

— Des nouvelles d'Aaron ? demandai-je à sa sœur en ajustant le tombé du tissu. Même si la famille de métamorphes de Nate n'était pas encore totalement convaincue que j'étais le leader des métamorphes, ils devaient admettre que j'en avais au moins l'air.

Alice fit une grimace.

— Rien pour l'instant. Mais il lui reste quelques heures avant que je ne sois prête à lui arracher la tête. Il aurait dû me laisser partir avec lui. Non pas que ça me dérange de traîner avec toi, mais d'après ce que j'ai vu, tu peux très bien te débrouiller ici.

— Hé, je suis d'accord avec toi, dis-je. Je pense que

deux aigles royaux volant ensemble auraient pu paraître un peu voyants, cependant.

Alice sourit.

— Pas aussi voyant que s'il avait eu un dragonne à ses côtés.

— Ok, ok, c'était une idée stupide. Je l'admets totalement. Mais j'en ai une bien meilleure maintenant.

Je reniflai l'air.

— Quelqu'un fait rôtir du poulet. Un poulet vraiment, vraiment savoureux. Que dirais-tu d'aller en chercher ?

— Je te suis.

Mon cœur commença à battre un peu plus vite alors que nous nous dirigions vers les portes principales de la maison. Je voulais jeter un coup d'œil à l'extérieur avant de sortir, juste pour voir dans quoi je m'embarquais, mais cela ne semblait pas du tout être une attitude de leader. Redressant les épaules, je poussai la porte et marchai jusqu'à la cour comme si rien de ce qui s'y trouvait ne pouvait me faire peur.

Alice avait raison. Plusieurs dizaines de métamorphes étaient déjà rassemblés sur les dalles d'argile de la cour, la plupart d'entre eux étant ceux que je ne pensais pas avoir vus dans le domaine plus tôt. Et toutes leurs têtes se tournèrent vers moi lorsque je descendis les marches. Beaucoup de visages s'éclaircirent. Cela compensait ceux qui avaient seulement un air pensif.

L'atmosphère n'était pas si festive que ça, je dois dire. Je suppose qu'il était difficile de vraiment faire la fête quand l'ombre quatre morts et plusieurs blessés planaient sur le domaine.

— Salut, dis-je en m'approchant d'un petit groupe de métamorphes ours qui semblaient heureux de me voir. Je suis Ren. Euh, je pense que tout ce rassemblement est fait pour que vous me rencontriez, alors... me voilà !

Une des femmes toucha mon bras. Sa main tremblait un peu.

Tu as traversé beaucoup d'épreuves pour arriver jusqu'ici, dit-elle. Je suis heureuse que nous ayons pu venir ici pour t'accueillir comme il se doit.

Le gars à côté d'elle se pencha vers d'elle comme pour partager un secret.

— Les gens disent que vous avez plus de feu que les dragonnes d'avant. Un genre de feu différent.

— C'est vrai, commençai-je à dire.

Une autre des femmes a ri avec plaisir.

— Nous pouvons brûler tous ces renégats et les renvoyer dans les ténèbres, là où est leur place, s'exclama-t-elle.

Ok, c'était une tournure plus violente que celle que je voulais vraiment que cette conversation prenne.

— Je vais m'en occuper du mieux que je peux, dis-je, et pivotai pour chercher quelqu'un d'autre à qui me présenter.

Le temps qu'Alice et moi arrivions à la table des rafraîchissements, j'avais enduré une multitude de questions sur ma façon spéciale de cracher du feu, plus de regards sceptiques que je ne pouvais en compter, et quelques regards furieux. Au moins, j'avais eu beaucoup de pratique avec ces derniers grâce à West. Je n'avais plus très faim, mais je pris un verre de vin.

Où étaient mes alphas d'ailleurs ? Nate avait

probablement d'autres affaires à régler, et Aaron était parti en mission de reconnaissance, mais les deux autres devaient être dans les parages.

Ça n'avait pas vraiment d'importance. Je voulais juste une excuse pour respirer un peu. Je partis me promener du côté de la maison avec Alice à mes côtés.

Les jardins du domaine des métamorphes disparates étaient principalement constitués de haies épineuses parsemées de fleurs, entrecoupées de cactus encore plus épineux. La végétation était jolie en soi, avec un parfum piquant, mais je me gardais bien d'y toucher.

— Ce ne sont pas les fleurs les plus amicales, n'est-ce pas ? remarqua Alice, en pointant un cactus avec la cuisse de poulet qu'elle avait dans la main.

— Au moins, les gens savent qu'il ne faut pas les embêter, dis-je.

Des voix traversèrent le terrain depuis l'avant. Je ralentis, mes oreilles se dressant.

Un mur fait des mêmes briques d'adobe que la maison s'étendait en partie dans les jardins. Les voix venaient de derrière sa porte arquée. Je me glissai à travers celle-ci et jetai un coup d'œil à l'intérieur.

La porte donnait sur une cour plus petite avec un belvédère entouré d'un fossé d'eau bouillonnante. Marco était appuyé contre l'un des poteaux de marbre près des douves, un verre à la main, les paupières baissées dans une expression langoureuse typique. Quelques autres métamorphes — ceux que j'avais reconnus de la garde de Nate — se tenaient en demi-cercle autour de lui. Leurs postures étaient pleines de bravade.

— C'est tout ce que tu as à dire pour ta défense, le

chat ? dit une des gardes. Regarde-toi. Tu penses toujours que tu es meilleur que nous, n'est-ce pas ?

— J'ai un respect total pour tous les membres de la famille des métamorphes, dit Marco avec douceur. À l'exception de ceux qui s'alignent avec les renégats, bien sûr.

L'un des autres fit un pas de plus vers lui.

— Ton groupe nous regarde toujours de façon hautaine. Nous l'avons vu. Mais la métamorphe dragonne t'a dédaigné aussi, n'est-ce pas ? Elle a choisi notre alpha comme âme-sœur sans même te regarder.

Je m'hérissai en entendant cette remarque, à la fois parce qu'elle l'avait faite et parce que je me demandais comment Marco allait réagir. Lorsque les siens l'avaient harcelé au sujet de son statut avec moi, il les avait repoussés avec un tas de fanfaronnades sur la facilité avec laquelle il allait exercer ses charmes sur moi et finir le « travail ».

Je faillis franchir le seuil de la porte pour mettre fin à la confrontation avant d'avoir à entendre à nouveau quelque chose de ce genre. Mais la voix calme de Marco m'arrêta.

— Serenity fait ses choix comme elle l'entend. Je ne suis pas assez arrogant pour penser que je sais mieux qu'une dragonne.

Il adressa un sourire pincé à ses harceleurs.

— Oh, regardez le petit chaton, dit le premier gars. Elle le tient complètement par les couilles alors qu'ils ne sont même pas encore accouplés.

Marco gloussa.

— Je préfère qu'elle me mène par la chatte plutôt que de ramasser les miettes que tu laisses après toi.

Le visage du gars s'empourpra.

— Écoutes, mec...

— Hé, dit le garde à ses côtés, on l'a assez embêté. Notre alpha va bientôt arriver. Laissons celui-ci « profiter » de sa solitude.

Le premier gars laissa échapper un soupir, mais tous trois partirent dans l'autre direction. Marco leva les yeux au ciel en regardant leurs dos qui s'éloignaient.

Il n'avait même pas l'air contrarié. Il avait pris tous ces commentaires dans la figure, même s'ils avaient dû heurter sa fierté. Au lieu de cela, il avait juste l'air fier de *moi*.

J'avalai ma salive de travers, me retournant pour faire face à Alice.

— Tu me donnes quelques minutes ? Je serai avec un de mes alphas, donc je devrais être en sécurité.

— Bien sûr, dit Alice. Si tu as besoin de moi plus tard, appelles-moi.

Elle repartit vers la fête, et je me glissai dans l'embrasure de la porte. Marco se redressa quand il me vit. Ses yeux, dont l'iris indigo était presque de la même couleur que ma robe, brillaient tandis qu'il me regardait avidement.

— Tu es un régal pour mes yeux dit-il avec un sourire en coin.

— Ne devrais-tu pas être en train de faire la fête avec ton public ?

Je fis un bruit dédaigneux.

— Ils ne sont pas tous si adorateurs. Ce qui est bien.

Les adorateurs sont épuisants aussi. J'essaie juste de me ménager.

— Sage décision.

Il soutint mon regard avec ce soupçon d'hésitation que j'avais ressenti chez lui auparavant. — Y a-t-il quelque chose que tu attends de moi, Princesse des Flammes ?

— On peut... parler ? dis-je.

Son sourire s'adoucit.

— Je pense que ça peut s'arranger. Regarde, nous avons ce belvédère pratique juste ici.

Il me tendit la main et me fit monter les marches. Quand il s'assis sur l'un des bancs à l'intérieur, je pris place à côté de lui. Sa présence ne me mettait pas à cran comme c'était le cas il y a quelques jours. Nous avions encore beaucoup de chemin à parcourir, et il le savait manifestement. Mais il essayait de rattraper les erreurs qu'il avait faites. Même quand il n'avait aucune idée que je savais comment il se comportait.

Et quand je n'étais pas sur les nerfs, il était impossible d'ignorer la chaleur de son corps à mes côtés. Le lien me rapprochant encore plus. J'agrippai le bord du banc avec mes doigts.

— Je voulais te demander... Les choses que tu as dites, que j'ai entendues, la façon dont tu as parlé de moi... Tu as dit que tu avais dû apprendre à ne pas montrer tes faiblesses à tes proches. Comment est-ce que c'est depuis que tu es alpha ? Avant que j'entre en scène, je veux dire.

Marco pris une profonde inspiration.

— Princesse, tu n'as pas besoin d'entendre parler de ça. Et je ne vais pas te faire l'affront d'essayer de justifier ce que j'ai dit.

Sa main était toujours placée au-dessus de la mienne. Je retournai la mienne pour entrelacer mes doigts avec les siens et les serrer.

— Je demande parce que je veux savoir. Tu ne te justifies pas. Tu me dis juste des choses que je n'étais pas là pour voir.

— Eh bien.

Il resta silencieux pendant un moment.

— Tu connais le genre de tempérament qu'ont les chats. Il s'étend aux métamorphes. Nous avons toujours eu des problèmes avec l'autorité. Donc être alpha requiert une certaine attitude... de détachement, et de confiance. Tu dois te mettre en valeur. Je pense que je suis devenu assez bon à ça, et j'ai quand même fait face à plus d'une douzaine de défis depuis que j'ai atteint ma majorité. Il y en aurait eu beaucoup plus si j'avais eu un tempérament plus faible.

— Oh ! dis-je.

Combien d'année cela faisait-il ? Cinq ans ? Et il avait dû se battre pour conserver sa position plus de douze fois déjà.

— Ça me semble déjà beaucoup.

Mon regard se porta sur la cicatrice qui entaillait son sourcil. Je levai mon autre main pour tracer la ligne pâle.

— Est lors d'une de ces bagarres que tu as eu ça ?

— Le seul que j'ai presque perdu.

Sa bouche fit une moue crispée, mais il haussa les épaules.

— Faire face aux défis n'était pas amusant. Mais c'est comme ça. J'ai pris l'habitude d'adopter cette attitude arrogante face à la moindre critique. Mais ce n'est pas une excuse pour t'insulter.

Je levai les yeux vers lui.

— Non. Mais le fait que je ne t'ai pas entièrement pris comme âme-sœur... Cela fait que ta famille de métamorphes te remet en question. Ils ne peuvent même pas avoir d'enfants avant que nous soyons ensemble.

Mon estomac se noua en pincement de culpabilité. Aucun des métamorphes ne pouvait avoir d'enfants tant que leur alpha n'était pas complètement accouplé. Plus je retardais cette étape avec Marco et West, plus longtemps leur peuple restait stérile.

— Je pourrais comprendre que tu sois contrarié que je n'aie pas encore voulu consommer notre union avec toi.

Marco me regarda avec ce qui ressemblait à une honnête surprise.

— Quoi ? Non.

Sa voix baissa d'un ton.

— Je veux dire, j'attends avec impatience que ce moment arrive... en supposant qu'il arrive. Mais j'ai toujours su que je devais être digne de ce lien. Et clairement, je ne l'ai pas encore été.

— Mais quand ça peut faire une telle différence...

— *Non*, dit-il fermement.

Il se tourna davantage vers moi, lâchant ma main pour toucher ma joue alors qu'il soutenait mon regard.

— Ren, tu sais ce que j'ai réalisé ces deux derniers jours ? Sentir cette distance avec toi, te regarder t'épanouir... Si je pouvais donner cette satanée position d'alpha à quelqu'un d'autre et juste t'avoir, je prendrais ce marché en un clin d'œil. Je n'ai jamais voulu l'autorité autant que je veux gagner ma place à tes côtés. J'aimerais pouvoir te donner plus que des mots pour le prouver.

Mon cœur battait la chamade, mais pas par nervosité maintenant. Je sentais ses doigts contre ma joue à travers chaque parcelle de mon corps. Leur chaleur délia ma langue.

— Tu pourrais me montrer, dis-je. Montre-moi à quel point tu me désires.

Le désir brilla dans ses yeux.

— Princesse, murmura-t-il, avec tant d'envie que ma peau s'enflamma.

Il pencha la tête et pressa ses lèvres sur les miennes.

Le baiser commença lentement et doucement. Sa bouche était douce contre la mienne, son odeur épicée m'entourait. C'était loin de me satisfaire. J'attrapai le devant de sa chemise et je l'attirai plus près.

Avec un gémissement, il m'embrassa plus profondément. Mes lèvres s'ouvrirent, accueillantes, et sa langue entra pour me titiller. Sa main libre glissa sur le côté de ma robe. Son pouce fit des caresses en cercles doux de plus en plus près de mes seins engoncés dans ma robe alors que chaque baiser se fondait en un autre.

C'était si bon. Si bon, putain, que le plaisir commença à augmenter, m'emportant avec lui. La sensation de tourbillon me fit perdre mon souffle. Je n'avais pas eu l'intention de le faire, est-ce que je voulais vraiment le faire ?

Marco se détacha de moi avec prenant une inspiration saccadée. Il garda ses mains sur moi, l'une au sous ma mâchoire, l'autre près de ma poitrine, et me regarda dans les yeux.

— Tu n'es pas prête, dit-il. Pas vraiment. Il m'en faudra plus pour montrer que je te mérite de toutes les manières possibles. Mais je le ferai. Je te promets que je le ferai.

Ma main était toujours prise dans sa chemise. Je la laissai tomber.

— Marco, je...

— Ça va, princesse.

Il m'embrassa à nouveau, juste un frôlement de ses lèvres contre les miennes.

— Je ne vais pas te supplier. Je ne vais certainement pas vous t'en vouloir. Quand j'aurai mérité ma place, quand tu seras sûre de moi, tu pourras venir me voir.

Ren

*A**lors qu'est-ce que tu attends exactement ?* disait le dernier message de Kylie. *Prend juste ces beaux mecs et occupe-toi d'eux !*

Je secouai la tête avec un sourire qu'elle ne pouvait pas voir. J'aimerais que ce soit aussi facile qu'elle le dit. *J'ai fait des progrès. J'ai officiellement deux âmes-soeurs maintenant.*

Woohoo ! Maintenant on parle. Le deuxième était Nate ou Marco ? Ou as-tu réussi à dégeler le loup glacial ?

J'éclatais de rire à cette remarque. Le loup glacial. Ouais, c'était une description appropriée pour West. À part les rares occasions où soudainement il devenait chaud bouillant.

Nate, répondis-je.

Les choses sont encore un peu tendues avec les deux autres. Mais moins avec Marco après la conversation de cet après-midi. Ce n'était pas assez pour compenser complètement la façon insensible dont il avait parlé de moi, mais ça nous avait permis de faire un bout de chemin. Je n'étais pas sûre de pouvoir lui faire complètement confiance, ainsi qu'aux réactions de mon corps à son égard, avant d'avoir vu comment il se comportait lorsque nous étions parmi les siens.

Et comment c'était ? Ne pas embrasser et raconter ne s'applique pas aux meilleures amies, tu le sais.

Pas selon les règles de Kylie, en tout cas. Mais il n'y avait que peu de choses que j'étais prête à consigner par écrit.

C'était bon. Vraiment bon. Je pense que je commence à avoir le coup de main pour ce truc d'âmes-sœurs.

Oh, ma petite Ren, comme tu grandis.

Je fronçais mon nez au téléphone, mais le commentaire était juste. Je n'étais jamais allée jusqu'au bout avec un homme depuis que je connaissais Kylie. Même quand je ne savais pas que j'étais une métamorphe dragonne, quelque chose en moi avait ressenti ce lien avec mes âmes-sœurs prédestinés. Quelque chose qui sortait ses griffes à chaque fois que je devenais trop excitée et intime avec un gars.

Mais c'était OK. Je prendrais même West contre n'importe lequel des garçons et des hommes que j'avais rencontré jusqu'à maintenant.

On frappa à la porte. Le baryton riche de Nate traversa le bois.

— Prête à partir, Ren ?

— Presque, répondis-je, en me redressant. Tu peux entrer.

C'est l'heure de la fête écrivis-je à Kylie. *Je t'en dirai plus, plus tard.*

Je retrouvais Nate dans le salon. C'était difficile de ne pas fixer ses formes impressionnantes moulées dans ce costume formel. Je portais toujours la même robe que cet après-midi. Après une brève fuite face à la foule grandissante, je me sentais prête à affronter la célébration officielle. Tout ce qui avait précédé n'avait été qu'un échauffement.

Le désir alluma dans le regard de Nate alors qu'il me regardait avidement. Il passa un bras musclé autour de mes épaules pour me rapprocher de lui. Je fermais les yeux et m'abandonnais à son baiser. Il semblait plus détendu maintenant. Il y avait moins de rage qui couvait sous sa douce apparence. Mais je savais que si quelqu'un me menaçait à nouveau, le grizzly reviendrait en un instant.

— Orion est enfermé et sous tranquillisant, me dit-il quand il arrêta de m'embrasser. Les gardes ont soigneusement surveillé tous les autres arrivants. Je ne pense pas que tu aies à t'inquiéter.

— Je sais que tu fais tout ce que tu peux, lui dis-je.

Mon estomac se noua.

— Est-il vraiment nécessaire d'enfermer Orion ? Je veux dire, il n'avait *encore rien* fait de vraiment mal. Peut-être qu'il ne l'aurait jamais fait.

— Il a essayé de nous mentir, dit Nate. Il a laissé les idées des renégats entrer dans sa tête. On ne peut pas lui faire confiance. Et je ne dédierai pas un des gardes en qui je *peux* avoir confiance au suivi de tous ses faits et gestes.

— C'est juste, dis-je.

Mais ça ne me convenait toujours pas de traiter quelqu'un comme un criminel pour avoir simplement pensé à prendre le mauvais chemin. Je ne pouvais pas faire grand-chose pour l'instant, cependant.

— Et Aaron, s'est-il manifesté ?

Nate secoua la tête en fronçant les sourcils.

— L'idée qu'il se fait de la « nuit » est peut-être différente de la mienne. Je m'attends à ce qu'il se montre bientôt.

La torsion de mon estomac se resserra.

— S'il lui arrivait quelque chose…

— Hey… Nate inclina mon visage vers le sien et embrassa mon front… Tu n'as pas besoin de t'inquiéter pour ça non plus. Je ne sais pas où il est, mais je sais que s'il était vraiment blessé, *tu* le saurais. Tu es son âme-sœur. Ce lien mettra du temps à se renforcer, mais si quelque chose allait vraiment mal, tu le sentirais.

Super. Je pouvais supposer qu'Aaron n'était pas au bord de la mort, mais il y avait tellement de façons dont son expédition aurait pu mal tourner.

Je retins ma frustration et pris la main de Nate.

— Je suppose que nous ferions mieux d'y aller.

Le dîner était servi dans la cour — une affaire beaucoup moins formelle que le banquet au domaine d'Aaron. Je m'assis avec Nate à la table au bout de la cour, Marco à mon autre côté et West à côté de lui. La chaise vide où Aaron aurait dû être assis me dérangeait. Alice croisa mon regard de l'autre côté de la chaise et fronça les sourcils en signe de sympathie.

Alors que le personnel nous apportaient des assiettes de nourriture, les autres fêtards se déplaçaient de table en table. Ils empilaient leurs propres assiettes et commençaient à manger debout ou assis sur les bancs éparpillés en bordure de la cour.

Il y avait au moins deux fois plus de monde que lorsque j'étais sortie plus tôt, mais l'atmosphère était toujours aussi feutrée. La musique jouée avait un son légèrement mélancolique, alors que la mélodie aurait dû être vivante. Je suppose que nous avions tous trop de choses en tête.

Pendant que nous mangions, les autres métamorphes sont passés devant notre table pour nous saluer. Beaucoup d'entre eux souriaient plus à Nate qu'à moi. Eh bien, ils le connaissaient depuis bien plus longtemps.

Un vieux métamorphe blaireau appuya ses mains potelées sur le bord de la table et me fixa d'un regard noir.

— On dit que vous avez des pouvoirs spéciaux hors du commun, dit-il. Vous allez vite nous débarrasser de tous ces renégats, n'est-ce pas ?

J'avais peut-être été un peu rapide en faisant ce discours à l'enterrement hier.

— Je vais faire de mon mieux, dis-je.

— Nous n'aurons pas la paix ici tant que ce poison n'aura pas été extirpé et détruit, dit avec un hochement de tête ferme.

Le "poison" que le reste de la communauté des métamorphes n'avait pas réussi à détruire pendant les seize dernières années ? Ouais, aucune pression là.

Le groupe suivant, un troupeau de campagnols femelle, cria de joie à ma vue et me demanda de faire une petite métamorphose pour qu'elles puissent voir. Je sortis mes serres au bout de mes doigts, et elles applaudirent. Je me sentais mieux accueilli après leur départ — du moins jusqu'à ce qu'une métamorphe ourse au visage sévère s'approcha de nous.

— J'ai entendu dire que l'un de nos semblables est dans une cellule de prison en ce moment, dit-elle, son regard allant de moi à Nate et vice-versa, comme si elle pensait que l'outrage devait être ma faute.

— Qu'est-ce que ça veut dire ? On s'enferme les uns les autres maintenant ?

Nate s'éclaircit la gorge. Sa voix sortit basse et ferme.

— Nous avons toujours utilisé les salles de détention sous le domaine pour traiter avec nos semblables qui enfreignent nos lois, Mildred. Tu le sais très bien.

Elle a reniflé.

— Et quelle loi a été violée par celui-ci ?

Nate lui jeta un regard noir.

— Ce n'est pas un sujet de discussion publique.

— Il semble que beaucoup de choses aient changé depuis que nous avons une dragonne en ville.

Mon dos se raidit alors qu'elle s'éloignait de nous.

— Ignore-la, marmonna Nate. Elle a toujours été difficile.

Il était vrai que la plupart des membres de sa famille de métamorphes étaient amicaux à mon égard. Je passai une heure de plus, d'abord à la table puis en circulant dans la foule, souriant et riant aux blagues et racontant quelques-unes des histoires les moins traumatisantes de ma vie parmi les humains. Mais même lorsque les métamorphes me souriaient en retour, je n'étais pas sûre de pouvoir croire en leur chaleur. Avaient-ils vraiment confiance en moi, ou étaient-ils simplement meilleurs que d'autres pour cacher leur malaise ?

Alice vint à mes côtés.

— C'est le moment refaire une autre pause ?

— Ouais, dis-je avec soulagement. Qu'est-ce que tu avais en tête ?

— Il me semble qu'il n'y a aucune raison de ne pas aider à réapprovisionner la table à vin, dit-elle avec un sourire.

Nous arpentions le domaine et descendîmes à la cave à vin. Et c'était une énorme cave à vin. Je ne pense pas avoir vu autant de bouteilles dans ma vie, même dans un magasin de spiritueux. Je m'arrêtai et les regardai fixement.

— Je ne sais pas par où commencer.

— Ah, on peut toujours traîner un peu ici et laisser le personnel choisir. C'est leur travail de toute façon.

Elle s'appuya contre une caisse et a penché la tête vers moi.

— Je suppose que la vie que tu avais avant que mon frère et les autres alphas te trouvent était assez différente de celle-ci, hein ?

— Euh, ouais, c'est l'euphémisme de l'année.

— Parles-moi de ton passé. Je me suis toujours demandée comment c'était du côté humain.

Je laissai échapper mon souffle. Par où commencer ?

— Eh bien, je ne suis pas sûre que ma vie " humaine " ait été si normale que ça. Quand ma mère était encore là, nous avions toujours vécu assez simplement. Son premier souci était de s'assurer que nous n'attirions pas l'attention sur nous. Et puis, après son départ... J'ai fini par devoir quitter l'appartement et vivre dans la rue. Je n'ai pas eu de vrai foyer pendant plus de cinq ans. Encore moins une maison comme celle-ci.

Je fis un signe de la main pour indiquer l'ensemble du domaine.

— Ça a dû être dur, dit Alice, son ton devenant sérieux. Tu ne le laisses pas paraître, quand tu es dehors à parler aux familles de métamorphes.

J'haussai les épaules.

— Ce n'est pas le côté de moi qu'ils veulent voir, pas vrai ? Le côté humain. Faible.

Alice fit une grimace.

— Je ne qualifierais pas de *faible* le fait de survivre aux plus bas échelons du monde humain sans soutien et sans pouvoirs, loin de là. Tu sais, je ne peux pas dire que j'ai eu à vivre quelque chose comme ça, mais j'ai dû passer beaucoup de temps à me montrer forte. C'est épuisant. Plus tu seras toi-même, plus ce sera facile à long terme.

— Je suppose que c'est logique.

Je regardais mes mains.

— C'est juste difficile de savoir ce que les gens attendent. Il y a encore tellement de choses auxquelles je dois m'habituer.

— Cet endroit est un peu différent du domaine aviaire, n'est-ce pas ? Les différents groupes de métamorphes ont leurs propres attitudes. Ou de problèmes d'attitude.

Elle me fit un demi-sourire.

— Nous, les aviaires, nous entendons généralement mieux avec les métamorphes canins. Nous croyons tous deux aux liens forts et au maintien d'un front uni. Les félins et la communauté disparate, c'est un peu plus la foire d'empoigne. Chacun pour soi.

Ok, peut-être que ce n'était pas parce que la famille de

Nate m'en voulait pour l'attaque. Peut-être que c'était juste la façon dont ils ont toujours été. Cette possibilité était étrangement rassurante.

— Tout le monde veut tellement de choses différentes, dis-je C'est un peu... écrasant. Je ne sais pas comment je vais les rendre tous heureux.

Alice me toucha le bras.

— Probablement que tu ne le feras pas. Mais je suppose que le mieux que tu puisses faire est d'écouter tout le monde, et tes alphas, et ne pas oublier ce qu'il y a ici aussi.

Elle se tapota la tête.

— Et tu trouveras l'équilibre qui te semble le mieux adapté. Tu vois, c'est simple ! J'ai toutes les réponses.

Cela me fit rire.

— Bien. Je suppose que je suis prête alors.

Son regard dériva vers la porte, et soudain je réalisai que la flexion de ses muscles n'était pas seulement un signe de sa préparation habituelle au rôle de garde du corps. Elle se sentait nerveuse aussi. Je n'avais pas besoin de sens particuliers pour comprendre pourquoi.

— Tu es inquiet pour Aaron, dis-je.

Elle se frotta la bouche.

— C'est un grand garçon. Il peut prendre soin de lui. Comme il aime me le rappeler régulièrement. Mais... D'après ce qu'il a dit, je pensais qu'il serait déjà rentré.

Si même Alice était assez inquiète pour l'admettre, mon anxiété n'était pas seulement due à mon excès de prudence. J'hésitai. Pourquoi ne devrais-je pas changer ses ordres ? Techniquement, j'avais au moins autant d'autorité sur le clan des métamorphes aviaires qu'Aaron.

— Tu sais quoi dis-je. Nous avons attendu assez longtemps. Je veux que tu ailles le chercher. Et s'il a un problème avec ça quand tu le trouveras, tu peux lui dire de s'adresser à moi.

Alice me regarda en clignant des yeux.

— Vraiment ?

— Absolument. C'est un ordre direct de ta métamorphe dragonne.

Sa bouche s'est étirée en un vrai sourire.

— Maintenant, je suis *vraiment* heureuse que nous t'ayons retrouvé.

Nous prîmes quelques bouteilles de vin au hasard pour donner l'impression que nous avions fait plus que juste disparaître. Mais alors que nous sortions dans la cour, il m'apparut qu'il y avait d'autres ordres donnés avec lesquels je n'étais pas totalement d'accord. Je n'allais pas aller à l'encontre de l'autorité de Nate, mais je pouvais essayer de tempérer sa dureté avec un geste de ma part.

J'ai pris une nouvelle assiette et un peu de ceci et un peu de cela sur les tables. Les proches qui regardaient étaient probablement en train de spéculer sur l'appétit d'une métamorphe dragonne. Laissons-les s'interroger.

Je portai le plateau dans la maison et descendis les escaliers dans une autre partie du sous-sol. La partie où nous avions affronté le renégat hier. J'aperçus Orion à travers la deuxième fenêtre par laquelle je jetais un coup d'oeil.

L'ancien garde était recroquevillé sur son banc, la tête dans les mains. Mon cœur se déchira.

Le garde en service s'approcha.

— Métamorphe dragonne, dit-il avec une révérence respectueuse. De quoi avez-vous besoin ?

Je montrai l'assiette.

— J'aimerais lui apporter ça.

Le garde fit une pause.

— On ne m'a pas dit...

Je le fixai avec un regard ferme.

— Je suis l'âme-sœur de votre alpha et la métamorphe dragonne. Tout ce que je veux, c'est apporter un petit dîner au prisonnier. Il est trop drogué pour se transformer, n'est-ce pas ? Il n'a pas l'air de pouvoir être une menace.

— Oui. Oui, il devrait être maîtrisé. Mes excuses.

Le garde sortit une clé et déverrouilla la porte. J'entrai timidement.

Orion leva la tête. Le métamorphe rat musqué avait les yeux vitreux. Un filet de bave brillait au coin de sa bouche. Il était au moins assez conscient pour le remarquer et l'essuyer du revers de la main quand il me vit.

— Métamorphe dragonne, dit-il d'une voix étourdie. Qu'est-ce que tu fais ici ?

— Je t'apporte de la nourriture de la fête, puisque tu n'as pas le droit de t'en procurer.

Je lui tendis l'assiette. Il la regarda pendant quelques secondes avant de la prendre. Puis il la posa sur ses genoux. Il regarda le repas un moment de plus, puis leva les yeux vers moi, en les plissant.

— Pourquoi tu m'apportes ça ? Qu'est-ce que ça peut te faire ce que je mange ? Je suis un traître.

Je m'accroupis pour que mes yeux soient au même niveau que les siens.

— Je ne pense pas que tu le sois, dis-je. Je ne pense pas

que tu aies encore décidé de suivre une voie ou une autre. Et je pense que ça compte. Je sais combien il est difficile de savoir ce qu'il faut faire quand on est tiraillé dans différentes directions. Ce que tu choisis à la fin, c'est ce que tu es.

Il s'humecta les lèvres. Ses doigts agrippèrent les bords de l'assiette.

— Merci, dit-il d'une voix rauque.

Je ne pouvais pas dire s'il parlait du repas ou du sentiment. Peut-être les deux.

Mon cœur s'est senti un peu plus léger alors que je retournais à la fête. Alors naturellement, j'ai dû tomber sur West à ce moment-là.

Il s'arrêta dans le hall alors que je sortais de la cage d'escalier. Ses yeux se plissèrent.

— Que faisais-tu près des cellules de détention ?

— J'essaie de m'assurer que nous ne transformons pas un autre membre de la famille disparate en notre ennemi, dis-je. Est-ce que ça te convient ?

Il soutint mon regard pendant un moment. Puis il soupira et se détourna.

— J'espère juste que tu sais ce que tu fais, Étincelles.

Moi aussi. Il n'avait aucune idée à quel point j'espérais savoir ce que je faisais.

8

Ren

Je regardai les derniers invités quitter la cour, et un poids s'installé dans mes tripes.

Il était un peu plus de minuit. Le personnel débarrassaient les tables. La cour était calme. Il n'y avait plus personne, sauf les métamorphes qui vivaient sur le domaine.

Et Aaron n'était toujours pas revenu. Alice non plus. Elle n'aurait pas su exactement où le chercher, donc je suppose que son absence ne devrait pas être surprenante. Mais il avait dit qu'il serait de retour à la nuit tombée. Il n'aurait pas pu nier qu'il faisait absolument, à cent pour cent, nuit maintenant.

Nate vint derrière moi, touchant le bas de mon dos.

— Allons à l'intérieur, dit-il. S'il se montre, on en entendra parler.

J'hochai la tête, mais mes pieds traînaient alors que

nous retournions à notre section du domaine. Marco et West nous rattrapèrent.

— Un dernier verre, quelqu'un ? dit Marco. Si on doit tous s'inquiéter pour l'aigle, autant s'amuser en même temps.

Nous traversâmes le hall étroit jusqu'à notre salle commune privée. West s'approcha de la fenêtre la plus éloignée pendant que Marco allait à l'armoire à liqueurs pour préparer les boissons. Nate s'allongea sur l'un des canapés. Je faisais les cent pas d'un bout à l'autre de la pièce et vice-versa, comme si je pouvais échapper à mon anxiété. Jusqu'à présent, le mouvement ne faisait que me rendre plus tendue.

Marco me tendit un verre d'alcool. Je le vidai d'un trait. L'alcool brûlait dans ma gorge et répandait une chaleur dans ma poitrine. Mais cela ne calma que peu mes inquiétudes. Plusieurs autres verres auraient pu faire l'affaire, mais je ne pensais pas que boire jusqu'à la stupeur était une bonne idée.

— Tu devrais essayer de dormir un peu, Ren, dit Nate. Nous devrions tous le faire. Si quelque chose a mal tourné, nous aurons besoin de toutes nos forces.

Je me frottai les bras.

— Je ne pense pas que je *puisse* dormir.

J'étais trop tendue. Je me demandais tout ce qui aurait pu arriver à Aaron sans pour autant activer notre lien d'âmes-sœurs. Il aurait pu être capturé par les renégats. Trop blessé pour rentrer à la maison mais pas assez pour que la douleur me tiraille.

Je le voulais *ici*, purement et simplement. Un jour, j'allais devoir m'habituer à être séparée de mes âmes-sœurs, mais je ne pensais pas que cela devait arriver si tôt après la consommation de notre union. Ce n'était pas normal. C'était la première nuit que l'un d'entre eux était aussi loin, et la distance me rongeait.

— Viens ici, dit doucement Nate.

Il tapota le coussin du canapé à côté de lui.

Je me mordis la lèvre, mais allai vers lui. Alors que je me laissais tomber à côté de mon métamorphe ours, il a attrapé mes épaules. Ses pouces puissants firent des cercles réguliers sur mes muscles tendus. Il augmenta la pression de ses doigts, et la tension commença à se relâcher.

— Hum, c'est bon, dis-je, les paupières se fermant de leur propre chef. Continue comme ça.

Je perçus un sourire dans son inspiration. Il glissa ses mains plus bas dans mon dos, pour la plupart dénudé, massant les muscles le long de mes omoplates et de ma colonne vertébrale. À chaque pression, la tension disparaissait un peu plus.

Et alors qu'elle disparaissait, une sensation différente commença à naître dans mon corps. Ses mains contre ma peau nue avaient déclenché une chaleur à laquelle j'aurais dû m'attendre, vu que ces mains appartenaient à l'une de mes âmes-sœurs.

La chaleur descendit tout droit en mon centre. Ma culotte se mouilla. Oh, il y avait un sacré paquet d'autres parties de moi sur lesquelles j'aurais aimé avoir ces mains.

Mon désir croissant avait dû parfumer l'air. Nate fit une pause avec ses mains juste à la base de mon cou. Il se penche plus près, son souffle chaud se répandant sur ma peau.

— Peut-être que je peux faire quelque chose de plus pour te distraire ? Libérer un peu de cette tension ?

Mon corps brûlait d'un désir ardent. Putain, oui. Avec toute l'agitation depuis notre arrivée, j'avais à peine eu le temps de ressentir quelque chose de bon. Mais il me semblait que cela faisait bien trop longtemps que je ne m'étais pas perdue dans le lien entre moi et mon âme-sœur.

Mes *âmes-sœurs*. Mes paupières s'ouvrirent. Je me laissai aller vers le contact de Nate, instinctivement, pour l'encourager, mais en même temps, mon regard chercha les autres alphas.

Marco posa son verre vide, ses yeux rivés sur moi et Nate. Une lueur de désir dansait dans ces derniers. West s'était retourné, sa posture était tendue, mais je pouvais sentir l'envie irradier de lui.

Nate glissa ses mains autour de mes seins. Un soupir m'échappa alors qu'il taquinait mes tétons de ses doigts, mes mamelons se dressèrent. Marco se lécha les lèvres. Il fit un pas vers nous, puis sembla se raviser.

Il attendait que je lui donne le feu vert.

Je les voulais tous. Qu'ils soient tous là avec moi, qu'ils soient avec moi de toutes les manières, qu'ils m'empêchent de penser à celui qui n'était pas là, au moins pour un petit moment. Si même un seul d'entre eux n'était plus à mes côtés…

Cette pensée me noua la gorge. Je mis mes mains sur celles de Nate pour arrêter son mouvement. Une vague de désir parcourut ma peau. Je me levait, l'entraînant avec moi.

— Je pense que nous devrions continuer ça dans mon lit, dis-je, mes doigts entrelacés à ceux de Nate.

Mon regard se capta celui de Marco, puis celui de West, pour bien montrer que mon "nous" nous incluait tous.

Un sourire éclatant se répandit sur le visage de Marco.

— Il n'y a rien que j'aimerais plus que de te servir comme tu le souhaites, dit-il d'un ton enflammé.

West vacilla sur ses pieds, l'air déchiré. Je tendis mon autre main vers lui.

— Je ne demanderai rien que tu ne puisses refuser. Je veux juste que vous soyez tous avec moi. Jusqu'où nous irons dépendra de toi.

Je l'entendis déglutir. Puis il fit un pas vers nous.

— Très bien, dit-il, encore plus bourru que d'habitude.

Nous traversâmes le hall jusqu'à mes appartements. Quand nous atteignîmes le bord de mon lit, je me retournai pour faire face à mes compagnons. D'un coup sec, je dézippai ma robe. Elle s'amoncela à mes pieds, me laissant presque nue.

La chaleur dans la pièce avait dû augmenter de dix degrés. J'en frissonnai, étourdie, mais soudainement incertaine. J'avais déjà été avec Aaron et Nate en même temps, mais trois gars... J'avais besoin d'eux, mais je ne savais pas exactement comment.

— Dis-nous juste ce que tu veux, Ren, dit Nate, la voix légèrement éraillée. Nous sommes juste là pour toi.

Je les regardai, le souffle coupé.

— Enlevez vos chemises. Pantalons aussi.

Autant étaler un peu la nudité.

Marco sourit et ses mains se précipitèrent pour déboutonner sa chemise. West se déshabilla avec plus d'hésitation. Une faible lueur émanait du bandage qu'il portait juste sous son épaule gauche. Une blessure magique des fae, j'en étais presque sûre, bien qu'il ait évité de m'en parler. Au milieu de mon désir croissant, je notai mentalement de faire attention à ça. Si je l'embêtais, il pourrait ne plus jamais *me* toucher.

Nate se débarrassa de ses vêtements en quelques secousses de son corps et le claquement d'un bouton. Il était prêt à commencer, clairement. Il se rapprocha de moi, sa poitrine frôlant la mienne, et réclama ma bouche.

Je gémis contre ses lèvres, me délectant de la force de son baiser. Il agrippa ma taille. Une troisième main effleura mon dos pour défaire l'agrafe de mon soutien-gorge, une présence chaude de mon côté gauche. Nate relâcha ma bouche pour passer sa langue dans le creux de ma mâchoire. Je penchai ma tête sur le côté pour lui donner un accès complet à mon cou, et Marco était juste là pour venir à ma rencontre.

Alors que mon métamorphe ours mordillait tous les endroits sensibles de ma gorge, mon métamorphe jaguar attira ma bouche vers la sienne. Il caressa de sa main ma poitrine, pinçant le mamelon jusqu'à ce que je gémisse.

Nate inclina sa tête pour lécher mon autre téton et le rendre encore plus raide. Marco fit glisser ses lèvres sur ma joue pour mordre le lobe de mon oreille. Je frissonnais de plaisir, inondée de sensations. Chaque partie de mon corps pulsait.

Mais ma bouche était de nouveau négligée. Je sursautai

lorsque la main de Nate se glissa entre mes jambes, et mon regard remonta pour trouver celui de West.

Mon métamorphe loup se tenait à quelques mètres de moi, sa faim était flagrante sur son visage et dans sa posture. Je rencontrai ses yeux vert foncé. Le pouce de Nate caressa mon clitoris. Je laissai échapper un gémissement et marmonnai, presque une supplique :

— "West".

Sa mâchoire se contracta. Il cligna des yeux.

— Putain, dit-il, et ensuite il s'avança vers moi.

Il m'attrapa la tête alors que Marco posait sa bouche sur ma clavicule. Mon cœur fit un bond, prêt à ce que West me dévore. Mais alors que ses doigts s'enroulaient dans mes cheveux, il déposa d'abord le plus doux des baisers sur mon front. L'arête de mon nez. Ma joue. Mes lèvres s'écartèrent, voulant plus, attendant. Le chemin qu'il traçait était la plus douce des tortures.

Finalement, il approcha sa bouche de la mienne au moment où Nate baissait ma culotte et glissait ses doigts entre mes replis. Marco passa sa langue autour de mon téton. Je gémis dans la bouche de West, et le contrôle tendre qu'il maintenait s'effondra.

Son baiser m'envouta, sa langue s'entremêla à la mienne, ses dents mordillèrent mes lèvres. Je l'ai embrassé en retour tout aussi fort, voulant le ravager et être ravagée par lui. Marco suçait ma poitrine et Nate embrassait mon ventre et oh, mon Dieu, si j'explosais littéralement de toute cette félicité, ce qui semblait être une réelle possibilité, j'espérais que le personnel de nettoyage ne me détesterait pas trop.

Nate me ramena sur le lit. Il s'agenouilla entre mes

jambes. Je pris une profonde inspiration quand il fit tournoyer sa langue sur mon clito. Puis Marco m'embrassa à nouveau, son odeur de café épicé remplissant mes sens. West lécha un sein et caressa l'autre. Chaque nerf de mon corps bourdonnait d'un désir satisfait.

Mais j'avais encore plus de désirs qui voulaient être satisfaits. Nate fit des vas-et-viens avec ses doigts en rythme avec les mouvements de sa bouche, et je poussai un cri de plaisir sous l'effet de la vague de jouissance. Mon corps tout entier ressemblait à une corde de harpe que l'on pinçait de plus en plus fort pour atteindre un crescendo. Quand j'exploserai, je voulais emmener mes compagnons avec moi.

J'éloignai ma bouche de celle de Marco, en haletant.

— Nate, en moi, s'il te plaît.

Il n'avait pas besoin de plus que ma demande marmonnée pour comprendre ce que je voulais. Sa bouche me quitta pendant quelques douloureuses secondes avant que son membre dure ne la remplace et me remplisse de toute sa longueur, glissant contre mes parois, de mon clito à ma fente.

Je gémis avec avidité et arquai mes hanches. Nate les saisit, les soulevant du lit et glissa en moi avec un gémissement. La sensation de lui en train de me remplir me fit frissonner d'excitation.

— Ma Princesse des Flammes, murmura Marco à côté de moi. Tu es vraiment en feu.

— Mmm, c'est tout ce que je réussis à répondre.

J'avais envie qu'il s'embrase, lui aussi. Je fis courir ma main le long de sa poitrine jusqu'à sa bite saillante entre ses jambes, plus fine que celle de Nate et presque élégante.

Marco ronronna pratiquement lorsque mes doigts s'enroulèrent autour d'elle.

Je l'attirai doucement vers moi. La chaleur dans ses yeux devint brûlante quand il comprit. Il s'allongea sur le lit pour que je puisse porter sa bite à ma bouche. Il tressaillit quand j'en léchai le bout.

Nate me pilonna en moi, envoyant une nouvelle vague de plaisir intense à travers mon corps. Je surfais cette vague de félicité qui allait jusqu'au membre de Marco, enroulant ma langue autour de sa bite dure mais d'un contact soyeux, goûtant le musc salé de son excitation.

— Putain, princesse, je ne vais pas tenir longtemps comme ça, dit Marco dans un gémissement.

Bien. Qu'il vienne là maintenant en même temps que moi.

Mon autre main empoignait la couette. Alors que mon corps bougeait sous l'effet des pénétrations de Nate et du mouvement de ma bouche autour du membre de Marco, mes jointures effleurèrent la peau lisse recouvrant les muscles tout en longueur de West.

Je n'avais pas oublié mon autre alpha. West mordillait mon téton maintenant. Avec un instinct qui devait venir du fait d'être une métamorphe dragonne, destinée à des moments comme celui-ci, je tendis le bras et sus exactement où fermer ma main autour de sa bite.

Le souffle de West sortit saccadé contre ma poitrine.

— Ren, dit-il d'une voix rauque.

J'arrêtai le mouvement de mes doigts, aspirant Marco à nouveau, balançant mes hanches pour rencontrer le prochain plongeon de Nate en moi. L'extase m'inonda de toutes parts, mais je n'allais pas prendre ce que West n'était pas prêt à donner.

Le métamorphe loup resta figé pendant un moment. Puis avec un gémissement, il se rapprocha de moi, accueillant mon contact.

Je fis glisser ma main de haut en bas sur son membre, ma bouche faisant de même sur celle de Marco, en même temps que le membre de Nate me pilonnait. Une sensation de jouissance continua de gonfler, non seulement entre mes jambes, mais aussi sur mes lèvres et au bout de mes doigts. De nous tous ensemble dans ce cercle de plaisir.

Marco craqua le premier.

— Princess, dit-il dans un cri de plaisir accompagné d'un mouvement sec de ses hanches.

Il fit un mouvement comme pour s'éloigner de moi, mais j'ai refermé mes lèvres sur lui.

Son sperme gicla au fond de ma gorge. Je l'avalais jusqu'à ce qu'il s'affaissât contre moi. Il se retira, m'embrassa langoureusement sur les lèvres pendant un long moment, puis glissa sa main le long de mon corps.

Ses doigts souples trouvèrent ce faisceau de nerfs juste au-dessus de l'endroit où Nate et moi étions réunis. Il caressa mon clito dans un mouvement circulaire, et la vague remonta en moi. J'haletai, ma prise sur la bite de West de faisant plus ferme. Avec un grognement qu'il étouffa dans mes cheveux, il éjacula. Je fus la suivante à jouir, des étoiles scintillant derrière mes yeux, mon corps entier tremblant sous la force de mon orgasme. Alors que je me resserrais autour de Nate, il émit un son étranglé et nous rejoint dans la jouissance.

Nous offrions probablement un sacré spectacle, tous les quatre enchevêtrés sur le lit, nos corps mous et nos appétits rassasiés. Mais alors que Nate me prenait dans ses bras et se blottissait dans les oreillers avec moi, les autres gars nous rejoignant de chaque côté, je me rendis compte qu'être avec eux tous semblait la chose la plus naturelle du monde. La meilleure chose au monde.

L'absence d'Aaron me rongeait toujours, mais c'était une douleur plus dissipée maintenant. En me blottissant contre mes âmes-sœurs, je réussis à m'endormir.

Marco

Il n'y avait vraiment rien de tel que de se réveiller aux côtés de mon âme-sœur. Sa douce odeur embaumait l'air, et le goût de sa peau était encore présent sur mes lèvres. Son corps était assez proche du mien pour que sa chaleur se propage jusqu'à moi sous le drap.

Ma Princesse des Flammes était blottie contre Nate, qui était allongé en face d'elle. Les vagues brunes et brillantes de ses cheveux débordaient du bras musclé qui lui servait d'oreiller. Sa tête était appuyée contre la large poitrine du métamorphe ours.

Une partie lointaine de mon cerveau me suggéra d'être jaloux, mais la seule émotion qui me traversait était une vague d'affection.

Elle avait l'air satisfaite. Paisible. Cela faisait des jours qu'elle n'avait pas pu se détendre, et elle en avait besoin - après tous les défis qu'elle avait relevés, et avec brio. Quand je repensais à la façon dont elle avait affronté la monarque des fées, je ressentais toujours une certaine fierté. Notre métamorphe dragonne s'épanouissait à pas de géant. Je l'admirais déjà quand elle s'était dressée devant moi, confuse mais défiante, avant même de savoir ce qu'elle était. Maintenant... Elle était magnifique.

Je ne pouvais donc pas en vouloir à Nate de lui apporter ce confort, même si mon cœur et les liens de notre union palpitaient en moi du désir qu'elle soit tout autant à moi.

Vraiment, c'était assez difficile d'avoir du ressentiment pour quoi que ce soit avec le souvenir de sa bouche autour de ma bite encore frais dans mon esprit.

Il y a quelques jours, je n'étais même pas sûr de pouvoir l'embrasser à nouveau. Moi et *ma* grande gueule, ma stupide, stupide grande gueule. Mais hier soir, on avait dansé ensemble comme si on était faits pour se donner du plaisir. Peut-être que nous étions en train de construisions une sorte de pacte de paix entre nous maintenant.

Avec un grognement, notre autre compagnon de lit s'assit. West passa une main dans ses cheveux et lança un regard mécontent à Nate.

— C'est la dernière fois que je dors à côté du métamorphe ours, grommela-t-il.

Mais alors qu'il sortait du lit, je ne manquai pas la façon dont son regard s'était arrêté sur Ren avec une lueur de désir.

La négation de soi dont faisait preuve le loup atteignait des niveaux ridicules. Il pouvait mettre ça sur le compte du lien prédestiné et essayer d'ériger tous les murs qu'il voulait, mais il était évident que chaque autre partie de son corps la désirait aussi. Ah, bien. Tant qu'il se refusait à lui-même, notre métamorphe dragonne avait plus d'attention pour le reste d'entre nous.

Alors que West prenait ses vêtements et sortait de la chambre, je me rapprochais de Ren. Un câlin commun ne semblait pas hors limite. Je déposai un baiser dans sa nuque et passai mon bras autour de sa taille.

Ren émit un murmure de satisfaction et posa son bras sur le mien, serrant ma main.

— Bonjour, murmura-t-elle, les yeux toujours fermés.

Avec mon pouce, je dessinai lentement un cercle sur sa peau douce. La sensation provoqué par son contact avec ma peau, combinée aux souvenirs de la nuit dernière, me faisait déjà bander. Et ça me rendait plus audacieux.

— Devrions-nous faire en sorte que cette journée soit particulièrement bonne ? demandai-je.

— Mmm. Tu pourrais essayer.

Eh bien, c'était un défi que je n'allais pas refuser. Je fis glisser ma main de son ventre jusqu'à la courbe de ses seins. Lorsque je traçai avec mes doigts leur forme, juste en-dessous de ces pics doux, elle commença à se tortiller. Son cul ferme frôla mon érection. Je dûs serrer les dents pour retenir un gémissement. Mais putain, être avec elle comme ça, c'était la torture la plus agréable que j'avais jamais connu.

Je fis glisser mes doigts le long de ses courbes fermes, puis passai mon pouce sur un téton déjà durci. Ren sursauta, et ses yeux s'ouvrirent. J'immobilisais ma main. Elle était à moitié endormie. La dernière chose que je voulais faire était d'aller trop loin et de perdre le peu de confiance que j'avais regagné.

— Trop ? dis-je contre son épaule.

— Pas assez, murmura-t-elle en retour. Ne t'arrête surtout pas.

Je gloussai avec un sentiment de soulagement et de désir mélangés. Tout en caressant à nouveau sa poitrine, je mordillai le long de la courbe de son épaule jusqu'à son cou. Ren soupira et arqua sa tête en arrière.

Le métamorphe ours s'agita à ce mouvement. Un son chargé d'excitation résonna dans sa poitrine. Il baissa la tête pour embrasser Ren sur la bouche. Sa main libre caressa sa hanche et sa cuisse jusqu'au monticule entre ses jambes.

Ren gémit, se trémoussant à son contact. J'ai passé ma langue dans le creux de sa mâchoire et lui tira un autre soupir. Mon Dieu, il n'y avait aucune joie au monde qui pouvait rivaliser avec le son et le goût du désir de notre métamorphe dragonne. Je pourrais vivre de ça et de rien d'autre pendant des jours.

J'étais sur le point de la faire glisser sur le dos pour pouvoir m'occuper de ses seins à la fois avec ma bouche et mes mains lorsque la porte de sa chambre s'ouvrit.

— Arrêtez de batifoler et sortez du lit, dit West d'un ton sec. Aaron est de retour.

Ren

J'entrai dans la suite d'Aaron avec les cheveux encore en pétard et vêtue d'une robe que j'avais ramassée sur le sol, mais voir au plus vite mon âme-sœur qui avait été absent était bien plus important que de me faire belle. Les trois autres alphas arrivèrent juste après moi.

Aaron était assis sur le bord de son lit. La fatigue qui se lisait sur son visage et dans la position de ses épaules me serra le cœur. J'allais directement vers lui, prenant son visage dans mes mains. Il me fit un sourire épuisé et me serra contre lui.

Mes doigts glissèrent dans ses cheveux dorés. Je me penchai pour attraper ses lèvres avec les miennes, j'avais besoin de ce contact. Comme si son baiser était la seule chose qui pouvait me convaincre qu'il était vraiment ici, là où il devait être.

— Je suis désolé, dit-il quand je reculai.

Sa voix était aussi fatiguée, elle était plus rauque.

— Je voulais être de retour plus tôt. Je sais à quel point vous deviez être inquiets.

— Ce n'est pas grave, dis-je. Je suis juste contente que tu sois de retour maintenant. Et ok. Que s'est-il passé ?

— Il s'est retrouvé coincé, dit Alice, son ton sec plus solennel que d'habitude.

Elle était appuyée contre le mur en face du lit, les bras croisés sur sa poitrine, l'air tout aussi épuisée.

Aaron gloussa faiblement.

— C'est une description assez précise. J'ai repéré des mouvements de métamorphes plus bas juste avant le moment où je prévoyais de rentrer. Ils ont installé un petit camp, quelques remorques et tentes... Je suis descendu pour confirmer qu'ils étaient des renégats, je les ai entendus parler et j'ai trouvé un perchoir d'où je pouvais écouter. Mais je suis resté trop longtemps. Avant que j'aie eu l'occasion de partir, un couple de renégats s'était déplacé et avait pris son poste autour du camp, l'un d'eux suffisamment proche de moi pour remarquer mon départ et donner l'alerte.

— Tu n'as pas pu voler plus vites que quelques oisillons de moindre importance ? dit Marco, légèrement taquin.

— Il y avait un faucon, et un vautour, dit Aaron. Ils auraient pu faire des dégâts. Mais j'étais plus préoccupé par le fait que ce que j'avais appris ne nous servirait à rien s'ils savaient que j'avais entendu. Ils auraient changé leurs plans.

— Alors il a attendu que j'arrive et que je les distraie, ajouta Alice. Tu as de la chance qu'on ait notre lien fraternel, sinon Dieu sait combien de temps tu aurais attendu là-bas

Aaron roula ses épaules.

— Tu peux croire que je suis content que tu sois arrivé aussi vite que tu l'as fait.

Il leva la tête pour rencontrer mes yeux à nouveau.

— Merci de l'avoir envoyée. C'était la bonne décision.

— Souviens-toi de ça la prochaine fois que tu voudras partir seul, dis-je. Alors, qu'as-tu appris ? De quoi parlaient-ils ? À quel point sont-ils proches ? Est-ce qu'on doit commencer à se préparer ?

Il leva sa main pour me ralentir. Quand je me tus, il tira sur mon poignet pour me faire asseoir sur le lit à côté de lui. J'ai enroulé mon bras autour du sien, observant son visage lorsqu'il a commencé à parler.

— On dirait que tout devrait bien se passer tant que nous sommes ici, a-t-il dit. À moins, je suppose, que nous restions plus longtemps qu'ils ne le prévoient. Ils sont installés à environ trois heures de vol d'oiseau d'ici. Dans les plans que j'ai entendus, ils parlaient d'attendre que nous soyons à nouveau en mouvement. Il était clair qu'ils supposaient que dans les prochains jours, nous partirions d'ici et nous dirigerions vers le domaine félin.

— C'est ce qui serait le plus logique, dit Nate.

Aaron hocha la tête.

— Ils veulent nous attraper en cours de route. Faire une attaque avec l'avantage de la surprise, sur un terrain qui, selon eux, fera pencher les chances encore plus en leur faveur.

Il me regarda dans le but d'ajouter une explication.

— Normalement, nous devrions faire un voyage par la route pour pouvoir nous arrêter et rencontrer quelques communautés plus éloignées en chemin. Nous gardons les jets pour les urgences.

— Nous pourrions faire une exception dans un cas comme celui-ci, n'est-ce pas ? dis-je.

— Mais alors nous perdrions notre chance de les confronter. Dès que nous aurons atteint le domaine de Marco, ils devront faire d'autres plans. Ils prendront une nouvelle position.

— Eh bien, où se trouve ce terrain de choix où ils espèrent nous coincer ? demanda West.

— Je ne sais pas, admis Aaron. Soit ils avaient déjà décidé et n'ont pas vu le besoin de s'en parler entre eux, soit ils n'ont pas encore décidé et attendent de voir quelles actions nous allons entreprendre en premier. Je ne pourrais pas le dire à la façon dont ils en ont parlé.

Marco se frotta ses mains.

— Eh bien, ça n'a pas d'importance, n'est-ce pas ?

Maintenant on sait où ils sont. On va s'occuper d'eux avant qu'ils ne puissent organiser leur petite surprise.

— Je suis d'accord, dit Aaron. Mais la difficulté est de savoir comment nous allons procéder. Ils surveillent la zone autour du domaine. Ils le sauront si nous partons directement vers leur camp et se disperseront avant que nous ne les approchions. J'ai compté environ quarante d'entre eux là-bas. D'après ce qu'a dit le prisonnier rebelle, ça pourrait être la moitié de ce qui reste de leurs troupes. Si nous frappons, nous devons nous assurer qu'aucun d'entre eux ne s'échappe. Sinon, nous devrons nous occuper d'eux plus tard.

— J'en ai vraiment assez de ça, marmonna West. Assez des fuites et des regroupements constants. Tant qu'il y aura assez de renégats pour semer le trouble, aucun de nos proches ne sera vraiment en sécurité.

— *Ren* ne sera pas en sécurité, dit Nate.

Il se déplaça pour venir à côté de moi, mettant sa main sur mon épaule.

— Ils s'en sont déjà sortis avec trop de choses. Il est temps qu'ils fassent face aux conséquences.

— Excellent sentiment, dit Marco. Ça ne répond toujours pas à la question du comment.

Aaron se frotta la bouche. Il avait l'air si fatigué que je voulais dire aux autres de partir, de le laisser se reposer, mais je sus par son attitude déterminée qu'il voulait que tout soit réglé. Il avait attendu les renégats et avait passé le reste de la nuit à rentrer pour que nous puissions avoir cette discussion. Pour que nous puissions trouver un plan. Je ne pensais pas qu'il serait prêt à se reposer tant qu'il ne saurait pas que les informations qu'il avait ramenées pouvaient être utilisées.

— Nous avons un certain avantage maintenant, dit Nate. Nous savons qu'ils vont essayer de nous surprendre.

— Le voyage d'ici à la Floride est assez long, dit Marco. Nous ne pouvons pas être en alerte permanente. J'aimerais trouver un moyen d'inverser complètement les rôles.

Une idée fit son chemin dans ma tête. Je me redressai aux côtés d'Aaron.

— Vous savez quoi ? Je pense que nous avons déjà la réponse juste ici.

10

Ren

—Je ne suis pas convaincu, dit Nate alors que nous descendions les escaliers vers les cellules de détention du sous-sol.

— Nous n'avons pas beaucoup d'options, fis-je remarquer. Que vas-tu en faire autrement — le laisser enfermé et drogué pour le restant de sa vie ? Comment va-t-il pouvoir prouver de quel côté il est s'il n'en a jamais l'occasion ?

— Je préférerais qu'il le prouve d'une manière qui ne risque pas potentiellement ta vie, marmonna mon métamorphe ours.

— Nous pouvons nous protéger nous-mêmes, n'est-ce pas ? Nous aurons nos propres sentinelles. Nous pouvons nous retirer si nous en avons besoin.

Je m'arrêtai au pied de l'escalier et me tournai vers lui.

— Tu penses vraiment que c'est un mauvais plan, ou tu t'inquiètes juste pour moi ?

Il fronça les sourcils.

— C'est le meilleur plan que nous ayons trouvé. Je ne vais pas prétendre que ce n'est pas le cas. Mais tu ne peux pas me reprocher de m'inquiéter.

Je tapotai sa poitrine affectueusement.

— D'accord, je ne vais pas me mettre en danger. Essaie juste d'y aller doucement avec lui. On veut qu'il sente qu'il peut *nous* faire confiance, rappelle-toi.

Devant la porte d'Orion, Nate sortit un porte-clés de sa poche. Le garde en service resta en retrait lorsque nous entrâmes.

Orion se leva en sursaut au mouvement de la porte. Il était étalé sur le dos sur le banc, la tête ballante. Le tranquillisant lui rendait encore les yeux vitreux et émoussait ses réflexes. Il vacilla avant de réussir à se redresser complètement. Son regard resta figé sur Nate, méfiant même si son visage fin restait détendu.

Je pouvais imaginer comment sa dernière conversation avec son alpha s'était passée. Mais je ne voulais pas du comportement de grizzly ici aujourd'hui.

Je pris un tabouret dans le hall et m'assis en face de l'ancien garde. Nate se tenait derrière moi, comme pour donner à tout ce que je disais le poids supplémentaire de son autorité. Nous avions décidé qu'il était préférable que ce soit moi qui parle. Principalement parce qu'il n'était pas sûr de pouvoir garder son calme.

— Orion, dis-je, et les yeux du métamorphe rat musqué se baissèrent pour rencontrer les miens.

— Nous avons peut-être un travail pour toi. Un moyen pour toi de te racheter auprès de ton alpha et de ta famille, de montrer où va vraiment ta loyauté.

Malgré l'imprécision de son expression, une étincelle d'espoir s'alluma au fond de son regard.

— Qu'est-ce que c'est ?", demanda-t-il. Que veux-tu que je fasse ?

— Tu as déjà parlé aux renégats, dis-je.

Il hocha la tête.

— L'un d'eux.

— Donc si nous t'envoyons leur parler, il devrait y avoir quelqu'un dans le groupe local qui saura qui tu es ?

— Ouais.

Ses yeux se baladèrent entre moi et Nate.

— Mais je ne sais pas où ils sont. Je vous l'ai dit.

— Ce n'est pas grave, dis-je avec un sourire en coin. *Nous* savons où ils sont. Tu pourrais juste... tomber sur eux par hasard après qu'on t'ait indiqué la bonne direction.

Il se reconcentra sur moi, sa tête penchant légèrement sur la gauche. Un sillon se forma sur son front.

— Et ensuite, que ferais-je ?

— Eh bien, si tu es prêt à ça... Nous choisirons un endroit où tu les conduiras. Nous aurons une histoire à leur raconter, quelque chose comme : nous allons nous faufiler hors du domaine et nous diriger vers un tronçon de route spécifique, quelque part qui semble bon pour une embuscade. Tu prétendras que tu as décidé de te ranger de leur côté et que tu apportes ces informations privilégiées pour prouver ta valeur. Et ensuite, c'est nous qui leur tendrons une embuscade.

Orion resta silencieux pendant un long moment, se contentant de me regarder.

— Vous voulez que je les trompe.

— Ils préparent une autre attaque contre nous en ce

moment même, dis-je. Combien de métamorphes ont-ils déjà tué au fil des ans ? Ils soutiennent ceux qui ont tué les derniers alphas — mes pères. Mes sœurs, qui n'avaient que sept et neuf ans. Si l'un d'entre eux se rend, je te promets que je le traiterai équitablement. Mais s'ils insistent pour nous combattre, nous pouvons soit riposter, soit attendre et mourir. Et je ne demanderais à personne de prendre la seconde option. Y compris à toi. C'est pourquoi je voulais que tu aies cette chance.

— Notre métamorphe dragonne est incroyablement généreuse, ajouta Nate, sa voix n'étant pas loin d'un grognement.

— Comme je le suis en tant que ton alpha, en la laissant t'apporter la proposition en premier lieu. Tu vas rester avec nous ou te battre contre nous ?

Je lui lançai un regard noir, il grimaça mais se tut.

— Ou reste ici, ajoutai-je en me retournant vers le métamorphe rat musqué. Si tu ne veux pas prendre le risque, je comprendrais. Peut-être auras-tu une autre occasion de montrer ta loyauté. C'est tout ce que nous avons à te proposer pour l'instant.

Orion prit une grande inspiration.

— Je pourrais le faire. Je pense que ça pourrait marcher. Je ne peux rien promettre, mais je...

Il s'arrêta et se frotta le front. Sa mâchoire se contractée.

— ...Je n'arrive pas à réfléchir correctement en ce moment. Mais je sais que je regrette de ne pas être venu te voir dès qu'ils m'ont approché, alpha. Et, Serenity...

— Ren, le corrigeai-je.

Il releva la tête, les yeux devenus larmoyants.

— Merci, dit-il. Pour avoir pensé à moi. Pour avoir essayé de bien faire pour nous tous.

— Tu veux bien essayer aussi ? demandai-je gentiment.

— Oui, dit-il. Pour ma famille. Pour mon alpha. Et pour toi.

Ma gorge se noua à cause de l'émotion dans sa voix.

— Alors je devrais te remercier.

Je me levai.

— Nous allons devoir laisser le tranquillisant se dissiper, dis-je à Nate. Il pourra prendre une décision finale à ce moment-là, quand son esprit ne sera plus aussi confus. Je veux qu'il comprenne exactement ce qu'il a accepté.

Nate n'avait pas l'air très enthousiaste, mais ce n'était pas comme si nous pouvions envoyer son ancien garde fréquenter les renégats dans son état actuel. Quand nous fermâmes la porte, il se tourna vers le garde en service.

— Plus d'injections, dit-il. Laissez-le sortir de son état d'hébétude. Garde-le à l'œil. S'il se déplace ou fait quelque chose de suspect, maîtrisez-le si nécessaire et appelez-moi. Quand il aura eu le temps de se remettre complètement, appelez-moi à ce moment-là.

— Oui, monsieur, répondit le garde.

— Tu as la sensibilité d'une dragonne, me dit Nate alors que nous retournions au rez-de-chaussée. Tu crois qu'Orion veut vraiment aider, ou il cherche juste un moyen de sortir de cette salle de détention ?

Je repensai aux yeux larmoyants de l'ancien garde et à la vague de sentiments qui s'était emparée de lui à la fin.

— Il regrette vraiment ce qui s'est passé. Il veut à nouveau faire partie de la famille des métamorphes disparates. Je ne peux pas dire si ses nerfs vont tenir le coup une fois qu'il sera dehors avec les renégats, bien sûr.

— Je suppose qu'on ne peut pas dire ça à n'importe qui.

Nate soupira.

— Eh bien, nous verrons comment il se sent avec toi quand il sera totalement réveillé.

— Combien de temps faut-il pour que le tranquillisant ne fasse plus effet ?

— Quelques heures au moins.

Il fit une pause lorsque nous arrivâmes en haut des escaliers.

— Nous avons donc un peu de temps. Il y a quelque chose que je voulais te montrer ici. Il se peut que ce soit un peu familier.

Cela alluma une étincelle de curiosité, mes incertitudes quant à notre plan étant momentanément écartées.

— Qu'est-ce que tu veux dire ?

Il sourit.

— Tu verras.

Nate me fit traverser quelques couloirs et monter un large escalier jusqu'au deuxième étage. Il ouvrit une porte donnant sur une grande pièce dans ce qui était manifestement une des ailes du domaine. La première chose qui attira mon attention était la lumière du soleil qui passait par deux paires de fenêtres sur les murs sud et est.

Je fis un pas à l'intérieur, et mon souffle s'arrêta dans ma gorge.

Ce n'était pas seulement que la pièce était belle, bien qu'elle le soit. Les murs autour de la porte étaient peints en rouge, or et vert brillant : des animaux stylisés gambadant dans une forêt ici, un océan là, et ici, au plafond, des nuages dansants. Les motifs s'étendaient jusqu'aux fenêtres, où des arbres et des vagues s'enroulaient autour des cadres. Les planches sous mes pieds étaient polies jusqu'à obtenir un éclat si doux que j'avais presque l'impression de marcher sur un tapis de soie.

J'arrivai au milieu de la pièce et me retournai. Une odeur chaude et sablonneuse flottait dans l'air, comme le genre de roche parfaite pour se faire bronzer pendant une chaude journée d'été... si vous êtes une dragonne. Comme la pierre qui se trouvait sur le sol sous les fenêtres. Quelques fauteuils aux coussins dodus et aux bras en bois parsemaient le reste de l'espace.

Oui, c'était beau. Et aussi profondément familier. Des larmes jaillirent dans mes yeux.

— Quand j'ai imaginé t'amener chez moi pour la première fois, j'ai imaginé que le séjour serait un peu plus relaxant, dit Nate. Mais au moins, avant de partir, tu peux passer un peu de temps ici. C'était la pièce préférée de ta mère dans la propriété.

Il observa mon expression.

— Tu t'en souviens.

— Oui.

Je me couchai sur la dalle de pierre. La chaleur de sa surface solide, provoquée par le soleil, se répandit dans mes mains.

— Elle nous amenait ici, mes sœurs et moi, quand on se plaignait de s'ennuyer. Parfois, mon père — mon père métamorphe ours — venait avec nous. Comment appelait-elle cette pièce déjà ?

— La salle d'inspiration, dit Nate avec un sourire. La première fois que je l'ai rencontrée, elle m'avait demandé de la rejoindre ici.

— Même si je ne pouvais pas encore me transformer, j'avais adoré m'allonger sur cette pierre.

Je m'allongeais sur le côté, pour profiter de la chaleur de la pierre et des rayons qui passaient par les fenêtres.

— Parfois, elle se blottissait contre moi ici. On se serrait tous les quatre, ou cinq si Da était là...

J'avalé ma salive de force. L'expression de Nate s'adoucit.

— Tu ne parles pas beaucoup d'eux — tes pères et tes sœurs. Tu peux, tu sais. Je veux dire, si c'est trop dur, tu n'es pas obligée de le faire. Mais si tu veux parler à quelqu'un qui se souvient... Je me suis entraîné avec ton père métamorphe ours pendant 4 ans avant que l'attaque ne le prenne. Je ne vous connaissais pas bien, toi ou tes sœurs, mais je me souviens vous avoir vu jouer dans la cour quand vous étiez en visite.

Il nous observait en se demandant laquelle d'entre nous deviendrait sa compagne ? Et maintenant, j'étais là. La seule personne de ma famille qui restait.

Je m'essuyai les yeux et me remis en position assise.

— C'est dur. Pas seulement parce que ça fait mal, mais aussi parce que... Les souvenirs ne viennent pas facilement. Je ne pense pas qu'il y ait de magie qui les supprime maintenant, mais quand ça fait si longtemps que je ne me suis pas entraînée à m'en souvenir, je ne sais pas par où commencer, à moins que je ne voie ou ressente quelque chose qui les déclenche.

Comme cet épisode embarrassant quand nous sommes

arrivés. Mon visage était encore rouge de honte à ce souvenir.

Mais cet endroit en avait provoqué de meilleurs. Je découvris, avec une douleur dans la gorge, que je voulais les partager. Pour les rendre plus réels en évoquant ces morts et ces disparus.

Je désignai un mur.

— Ma sœur aînée, Temperance, avait l'habitude d'inventer des histoires sur tous les animaux. Une fois, elle a passé des heures à relier chaque pièce du tableau en un récit épique. Je ne savais jamais où elle allait avec ça quand elle commençait. L'histoire sortait totalement différente à chaque fois.

Mon regard se posa sur les chaises.

— Et mon autre sœur … Maman disait toujours qu'elle avait dû accidentellement mettre au monde un singe quand Verity est sortie. Verity ne pouvait pas rester assise plus de quelques minutes. Ici, elle grimpait sur les chaises et s'amusait à sauter entre elles, pour voir combien de fois elle pouvait faire sortir ses ailes de dragonne.

— Et Da...

Je pouvais l'imaginer dans mon esprit. Grand et costaud comme Nate, mais le visage plus long et les cheveux encore plus noirs. Ma poitrine se serra.

— ...J'ai toujours voulu en voir plus depuis les fenêtres. Il me prenait dans ses bras et me tenait haut, et me parlait de toutes les choses qu'on pouvait voir à l'horizon depuis ici.

Je ressentis le vertige qui avait parcouru mon corps petite fille. La joie d'avoir toute l'attention de mon père concentrée sur moi.

Que penseraient-ils de moi, lui et mes autres pères, s'ils pouvaient me voir maintenant ? À quoi aurait ressemblé ma vie si les renégats ne l'avaient pas si brutalement déviée ?

Nate s'approcha et s'assit à côté de moi. Je posais ma tête contre son épaule. Il prit ma main, frottant son pouce sur le dos de celle-ci.

— Tu as beaucoup perdu, dit-il. Plus qu'aucun d'entre nous ne peut comprendre. Nous avons chacun perdu un mentor. Toute ta famille est partie. Je n'ai aucune idée de ce que tu peux ressentir. Mais si tu veux en parler, tu peux venir me voir. Tu peux venir voir n'importe lequel d'entre nous. Je pense que je peux parler au nom des autres alphas.

— Merci.

Maintenant que j'avais parlé de ma famille, mon cœur se sentait un peu plus léger.

— En fait, je pense que j'aimerais passer un peu de temps seule ici avant que nous partions. Si tu es d'accord.

— Bien sûr, dit Nate. Je devrais m'occuper de certaines choses autour du domaine avant que nous ne partions. Si tu as besoin de moi, l'un des préposés saura où me trouver.

Il inclina mon visage vers le sien et m'embrassa tendrement. Quand il s'éloigna, mon corps bourdonnait. Je pouvais sentir sa présence à travers notre lien, même après qu'il soit parti et ait fermé la porte derrière lui. Tant qu'il était sur le domaine et si près de moi, je ne pensais pas avoir besoin de l'aide de quiconque pour le retrouver.

Je me rallongeai sur la pierre, dans cet endroit ensoleillé et dérivai dans mes souvenirs pendant un moment. Bizarrement, laisser remonter ces fragments de mon passé n'augmenta pas la douleur de ma perte. Au contraire, ils l'apaisait. C'était bien mieux de se souvenir des moments heureux. Pourquoi mes seuls souvenirs clairs de ma famille devraient être les derniers moments de panique et de tourment de mes pères et sœurs ?

Quand je me redressai, mes nerfs étaient plus calmes. Je touchai le bord de mon téléphone dans ma poche. J'avais une autre sorte de famille que je n'allais pas laisser complètement derrière moi. J'avais promis à Kylie de continuer à donner des nouvelles. La dernière chose que je voulais, c'était qu'elle pense que je l'avais abandonnée.

Hey, Ky, je lui ai envoyé par texto. *Des moments excitants ici. Nous allons mener la bataille contre les renégats. J'ai eu un plan brillant... Enfin, nous verrons à quel point il est brillant quand nous l'essayerons.*

Sa réponse arriva une minute plus tard.

Oh s'il te plaît. Si tu l'as inventé, bien sûr que ça va marcher. Je peux juste imaginer ta dragonne écraser tous ces trous du cul.

Il y avait quelque chose d'assez satisfaisant dans cette image.

J'aurais aimé que tu sois là pour le voir.

Je suppose que nous serons à nouveau près de New York d'ici peu. On se dirige vers la propriété de Marco, en Floride, puis vers celle de West, quelque part dans le Nord-Est.

Oooh, le soleil de Floride et le fun ! Où est sa piaule ?

J'ai souri.

Apparemment pas loin de Miami.

C'est ce que je pensais. Il a vraiment l'air du genre à aller en boîte. Assure-toi de le garder à l'œil, tu entends ?

Avant que je ne puisse répondre, quelqu'un frappa à la porte.

— Entrez, dis-je.

Un préposé jeta un coup d'œil à l'intérieur.

— Métamorphe dragonne, dit-il. Nate demande votre présence dans les cellules de détention.

Merde. Il était déjà temps de voir à quel point mon plan était brillant. Je pris une grande inspiration. Encore un sujet à ajouter à la longue liste de conversations avec ma meilleure amie que j'allais devoir remettre à plus tard.

— D'accord, dis-je. J'arrive.

11

Ren

C'était étrange d'être la seule des métamorphes autour de moi à avoir encore une forme humaine. Je posai mes pieds aussi silencieusement que possible, me déplaçant avec les autres sur la colline boisée que nous avions choisie pour notre embuscade. Une odeur de terre m'envahit le nez. Des corps en fourrure se faufilaient dans les arbres autour de moi.

Mes âmes-sœurs et les semblables de Nate qui nous avaient rejoints s'étaient tous transformés dès que nous avions laissé derrière nous les véhicules, planqués hors de la route. C'était logique, puisque sous leurs forme animale, ils pouvaient se déplacer plus rapidement et plus furtivement, étendre leurs sens plus loin, et plus généralement être plus méchants. Nate et Marco se déplaçaient de part et d'autre de moi, West nous précédait en trottinant. Aaron planait au-dessus de nos têtes aux côtés d'Alice, à la recherche d'une activité inquiétante en dessous.

J'aurais pu être beaucoup plus *badass* sous ma forme de dragonne, mais la seule chose que je n'aurais pas été, c'était furtive. Sans parler du fait que ça ne nous aiderait pas beaucoup si je brûlais mon énergie limitée de transformation en marchant d'un pas lourd dans les bois et que je devais ensuite mener le vrai combat en tant qu'humain.

Orion avait dû atteindre le camp des renégats la nuit dernière. Il devait leur dire que nous passerions sur ce tronçon de route ce matin, que nous avions prévu de nous éclipser au petit matin pour ne pas être repérés. Ils penseraient qu'ils viendraient jusqu'à la route pour nous tendre une embuscade. Mais ils se précipiteraient dans *notre* embuscade avant d'avoir eu la chance de voir qu'ils avaient été trompés.

Du moins, c'est comme ça que ça devait se passer. En supposant qu'Orion y soit allé et n'ait retourné sa veste pour aller avec les renégats. Il semblait déterminé à suivre mon plan quand je lui avais parlé avant son départ, mais un peu intimidé aussi. Peut-être qu'une fois qu'il s'était éloigné de mon autorité et de celle de son alpha, il avait décidé de tenter sa chance avec des gens qui ne l'avaient pas enfermé et drogué. Même si c'étaient des meurtriers.

J'espérais vraiment que j'avais raison à son sujet, cependant.

West ralentit au sommet de la colline. Il marcha jusqu'à la crête où le sol s'inclinait à nouveau et nous jeta un coup d'œil en arrière. C'est là que nous avions prévu de nous arrêter.

Aaron plongea, laissant sa sœur en sentinelle dans le ciel. Il se transforma en atterrissant posa gracieusement ses deux pieds humains au sol.

— Il y a du mouvement à quelques kilomètres, dit-il. Je pense qu'ils seront là dans une demi-heure environ. Nous devrions nous disperser dans le même sens que le vent pour qu'ils ne détectent pas notre odeur avant que nous soyons prêts à attaquer.

J'hochai la tête. Les autres animaux retournèrent dans les arbres. Je les suivis restant aux côtés de Nate. J'allais devoir me tenir plus en arrière que les autres, car mon odeur ne se fondrait pas aussi bien dans le paysage naturel.

Il y avait peut-être quelques inconvénients à être le type de métamorphe le plus rare du monde. Mais j'avais l'intention d'utiliser mes compétences uniques à mon meilleur avantage.

Lorsque Nate s'arrêta, en inclinant la tête vers moi, je passai mes doigts dans son épaisse fourrure de grizzly et appuyai mon visage contre son épaule. Il me fit un câlin en retour.

Quand nous étions encore au domaine, pendant que nous finalisions les plans, Nate avait essayé de me convaincre de ne pas participer à la bataille. Il avait réussi à prononcer la moitié d'une phrase avant que je ne me mette à rire et à lui lancer mon meilleur regard de dragonne. Il n'y a pas eu de discussion après ça.

Les semblables qui étaient morts étaient aussi mes proches. Et je n'allais pas rester sans rien faire alors que les renégats qui avaient détruit leurs vies et celle de ma famille de métamorphes étaient toujours en liberté.

Je me retournai et me dirigeai vers l'arbre près duquel

nous nous étions arrêtés. La meilleure chose quand on est un dragonne, c'est de voler. Et que je sois damnée si je devais passer le moindre temps au sol alors que je pouvais me transformer.

J'escaladai le tronc et grimpai de branche en branche jusqu'à atteindre celles qui étaient trop étroites pour supporter mon poids. Assise, le dos contre le tronc, je scrutais la forêt. Je n'étais pas assez haut pour voir par-dessus la canopée, mais j'avais une bonne vue entre les branches autour de moi.

Il y avait la forme du jaguar noir de Marco accroupi à quelques arbres sur notre gauche. Le loup de West s'était complètement fondu dans les broussailles. Aaron avait fait une dernière piquée vers le ciel et était venu se percher sur un chêne à ma droite.

Une demi-heure. Nous avions passé les dix dernières minutes à nous déployer autour du point d'embuscade, pensai-je. Ça ne devrait plus être long. Mais le temps entre chaque battement de mon cœur me semblait durer une éternité.

Une branche craqua, mon pouls s'accéléra, mais ce n'était qu'un moineau qui s'envolait. Maudits animaux ordinaires. Je résistai à l'envie furieuse de taper du pied contre la branche.

Orion savait exactement où nous allions attendre. Il était censé mener les renégats juste au-dessus de cette colline. S'il respectait sa part du marché. Sinon... Alice était toujours en train de surveiller. Elle remarquerait si les renégats avaient l'air de se disperser pour essayer de nous prendre par surprise.

La brise changea de direction, et de nouvelles odeurs

envahirent mon nez. Des odeurs d'animaux — et non celles, familières, des métamorphes avec lesquels j'étais arrivée — mêlées à des notes d'agression et d'anticipation.

Les renégats étaient presque là.

Je me penchai sur la branche, prenant appui sur l'écorce avec mes mains et mes pieds. Nous ne voulions pas déclencher le piège trop tôt. Laissons-les faire irruption en plein milieu de notre cercle.

Des corps en mouvement bruissaient dans les broussailles. Faiblement, discrètement, mais dans le calme, mes oreilles aiguisées pouvaient percevoir les sons. Mes muscles se tendirent.

Sous mes yeux, une petite forme poilue entra dans mon champs de vision de façon précipitée. Un rat musqué, menant la prétendue charge. Notre Orion. Je lui envoyai un merci silencieux, puis plusieurs autres animaux émergèrent entre les arbres.

En dessous de mon perchoir, Nate laissa échapper un hurlement de grizzly. Nous nous lançâmes sur les renégats.

Je courus le long de la branche et m'élançai dans un espace ouvert. Mes écailles ondulaient sur mon corps avec le souffle de l'air qui m'entourait. Mes ailes se déployèrent, attrapant le vent. Mon corps s'étira, je fis claquer mes mâchoires avec mes crocs qui s'allongeaient, et me précipitai dans la mêlée.

Le sol de la forêt était recouvert d'un enchevêtrement de corps qui se battaient. Un ours noir que je savais être Thomas se battait contre un puma. Un loup argenté balafré affrontait le jaguar de Marco. Aaron agrippait une énorme belette qui essayait de le faire tomber du ciel. Et plus encore, tout autour, un flou de fourrures, de dents et d'éclaboussures de sang.

Je laissai le rugissement de la dragonne sortir de ma gorge. Les renégats sursautèrent, donnant à mes semblables leurs ouvertures. Le puma se retourna pour s'enfuir, et je plongeai, l'écrasant contre un tronc d'arbre avec une patte griffue. Un coyote trébucha en arrière et se transforma en humain. Il attrapa le fusil qu'il portait autour de sa taille étroite.

Les échos des coups de feu tirés il y a longtemps dans ma maison familiale résonnaient dans mes oreilles. La colère m'envahit. Oh, non, il n'avait pas osé.

Je pris une grande inspiration et crachai des flammes, chaudes, brûlantes et destructrices. Le métamorphe coyote glapit. Puis il n'était plus qu'un corps carbonisé avec un morceau de métal fondu dans ses mains.

Il y en avait d'autres qui portaient des armes qu'ils avaient l'intention d'apporter à leur propre assaut. Je me retournai, en balayant la mêlée du regard. Je devais repérer tous les renégats qui venaient armés. Ils pourraient nous blesser trop rapidement. Mes alphas et mes semblables étaient trop honorables pour enfreindre leur loi sur l'utilisation d'armes fabriquées par l'homme, même lorsque leurs ennemis ne se souciaient pas de jouer franc jeu.

Le clic d'une sécurité qui se désengageait me fit bondir. Je me retournai et crachait ma flamme sur la silhouette qui se tenait au milieu des arbres avant d'avoir eu le temps d'enregistrer autre chose que ses cheveux blonds et le pistolet dans sa main. Un type qui avait pris forme humaine non loin tâtonnait avec son propre pistolet. Avant qu'il ne puisse viser, je le transformai en charbon de bois aussi.

Mes muscles vibrèrent alors que je plongea dans l'autre direction. Une autre forme humaine se déplaçait entre les feuillages à l'autre bout de la clairière — Non, attends, c'était Orion. Je suppose qu'il s'était dit qu'il pourrait mieux se défendre avec sa taille d'humain à son avantage plutôt qu'avec ses dents et griffes de rat musqué. Nu, les mains serrées en poings, il assena un coup de poing dans le museau d'une renarde métamorphe qui s'était approchée de lui, puis il bondit pour éviter la mâchoire qui se refermait.

Je donnai un coup de serres vers le bas pour faire tomber la métamorphe renarde sur le côté. Alors que je me baissais pour la plaquer au sol, une autre silhouette humaine couru vers Orion. Une silhouette humaine serrant une dague étincelante.

Un râle de protestation s'échappa de ma gorge. Orion se retourna, mais pas assez vite. Le renégat enfonça la dague dans ses tripes, jusqu'à la poignée.

Les lèvres d'Orion s'entrouvrirent. Son corps s'affaissa. Le sang jaillit de la blessure.

Non. La panique parcourut mes veines, vive et froide. Je balayai le gars avec le couteau d'un revers de ma patte, arrachant la dague de sa main et la peau de son bras. Mais dans ma détresse, je perdis le contrôle de ma position. Mon corps de dragonne se ratatina vers mon corps humain.

Je trébuchai dans la direction d'Orion. Il s'était mis à genoux et titubait en arrière. J'attrapai ses épaules juste avant que sa tête ne heurte le sol.

— Hey, dis-je. Hey. Reste avec moi.

Les métamorphes pouvaient guérir de beaucoup de choses. J'avais eu la poitrine lacérée par un loup renégat et j'avais survécu. Si la dague n'avait pas été si bien plantée, si je pouvais arrêter le saignement...

Des taches rougeâtres tachaient déjà les lèvres de l'ancien garde. Merde, merde, merde. Je serrai ma main autour de la poignée de la dague, supprimant l'écoulement du sang à cet endroit, comme si cette blessure superficielle était vraiment le problème et non les coupures qu'il avait enduré à l'intérieur.

Orion frissonna et gémit.

— Métamorphe dragonne, murmura-t-il.

— C'est moi, dis d'une voix qui se voulait enthousiaste. Je suis juste là. Tu as bien fait. Tu as rendu ta famille et ton alpha fiers. Tu es un putain de héros, tu entends ça. Alors tu ferais mieux de vivre assez longtemps pour le célébrer avec nous.

Il me fit un sourire chétif.

— Je fais de mon mieux. Mais je ne pense pas...

Il toussa et haleta au moment où la lame frottée contre le mouvement de sa poitrine.

— *Non*, dis-je, avec toute l'autorité que je pouvais rassembler. En tant que ta métamorphe dragonne, je t'interdis de mourir maintenant.

Il essaya de glousser, mais ça sortit plutôt comme un gargouillis. Oh, mon Dieu, il n'y avait vraiment rien que je pouvais faire, n'est-ce pas ?

— Il y a quelque chose... que je ne t'ai pas dit...

Sa voix s'éteignait.

— Ca va aller, dis-je. Repose-toi juste.

— Non. Tu dois... Il y a un semblable félin. Quelqu'un... quelqu'un de haut placé dans les familles. Qui prend les décisions. Allié... avec les renégats. Ils l'écoutent. Le reste du groupe... chaque renégat restant... est prêt à attaquer tous ensemble. Tu dois...

Sa gorge travailla, et son corps a eu des spasmes.

— Orion ! criai-je, mais ses yeux étaient déjà embués. Non, non, bon sang.

Je pouvais le sentir, même si je voulais résister à ce que mes sens me disaient. Il était parti.

Je m'assis sur mes talons, les épaules affaissées. Puis je tressaillis en entendant un bruit sourd derrière moi.

West venait de s'attaquer à la métamorphe renarde. De leurs positions, elle était sur le point de me sauter dessus. Son loup était deux fois plus grand que sa forme. Elle se tortillait et griffait, mais elle n'avait aucune chance.

Et elle aussi le savait clairement. Comme tant d'autres renégats avant elle, elle ne se laissait pas faire prisonnière. West déplaça une de ses pattes pour mieux l'attraper, et elle enfonça son cou dans les griffes du loup.

Il fit marche arrière, mais c'était déjà trop tard. Il lui avait tranché la gorge. Avec un grognement de déception, il s'éloigna du corps avachi.

West regarda autour de lui la mêlée qui diminuait et reprit forme humaine. Son regard croisa le mien. Il inclina son menton vers Orion.

— Il est mort ?

J'avalai de travers.

— C'est juste que la déchirure était trop profonde, c'est arrivé si vite. J'ai essayé tout ce à quoi je pouvais penser.

Mes mains, poisseuse du sang du métamorphe, se crispèrent sur mes genoux.

Les yeux de West se posèrent sur ces dernières puis remontèrent sur mon visage. Une ombre passa dans son expression, du sombre au clair.

— Ouais, dit-il tranquillement. Tu as fait ce que tu as pu.

Il marqua une pause.

— Ren...

— Nous avons un prisonnier ! cria quelqu'un.

Nous vîmes un Thomas haletant se tenir penché sur un corps nerveux qu'il avait réussi à maintenir en place par les poignets. Alice, toujours sous sa forme d'aigle, avait coincé les chevilles du type avec ses serres.

— Et j'en ai un autre, annonça Marco, sortant du milieu des arbres avec un lynx qu'il tenait par la peau du cou et les pattes arrière.

Ses doigts se crispèrent alors que le lynx se débattait pour se libérer. Nate se déplaça et bougea pour l'aider.

Je me remis sur debout. Trop rapidement. Mes jambes flageolaient, mon estomac était barbouillé.

West m'attrapa par les épaules.

— Hey, dit-il, avec sa voix à la fois rude et douce.

Il me serra dans ses bras, mettant ma tête sous son menton. Nous étions tous deux nus, mais avec l'image du cadavre d'Orion qui me trottait dans la tête, son sang souillant mes mains, l'étreinte n'avait rien de sensuel. Je m'abandonnais à la chaleur émanant du corps de West, cherchant seulement du réconfort, de la part d'une de mes âmes-sœurs qui jamais je n'aurais pensé me l'offrirai.

Il passé sa main dans mes cheveux, et mes mains

glissèrent contre sa poitrine. Merde, j'étais en train de lui mettre du sang partout sur. Je reculai d'un coup, ne sachant pas où mettre mes mains. West se regarda, les taches de sang sur ses muscles fins, et secoua la tête.

— Ce n'est pas grave, dit-il.

Et puis, sur le ton que j'attendais plus de sa part, il ajouta :

—Je m'attendais à ce que tu fasses beaucoup plus de dégâts que ça avant que tu n'en aies fini, Étincelles."

Alors que je lui faisais une grimace, Aaron s'approcha de moi. Il m'offrit un bout de mousse pour m'essuyer les mains.

— Je pense que nous aurons besoin de ton aide pour interroger les captifs, dit-il. Ils ne semblent pas plus enclins à parler que les autres renégats.

Bien sûr. Je pris une grande inspiration et regardai le résultat de notre embuscade. Au moins deux douzaines de corps jonchaient le sol de la forêt — tous, d'après ce que je pouvais voir, des renégats, à part Orion. Quelques-uns des autres hommes de Nate étaient étendus, leurs semblables prenant soin de leurs blessures, mais aucun des nôtres n'avait subi de blessure mortelle. Cependant, Il y avait plus de renégats dans le groupe qui nous avait attaqué que ce que je pouvais voir autour de moi.

— Certains d'entre eux se sont enfuis ? dis-je.

Nate hocha la tête.

— Quelques lâches ont fui quand ils ont vu la tournure que prenait la bataille et se sont déplacés trop vite pour qu'aucun d'entre nous ne puisse les rattraper. Mais seulement quelques-uns.

Merde. Je regardai le lynx, puis le renégat plaqué au sol.

— Vous avez le choix. Vous pouvez nous parler maintenant ou vous pouvez parler grâce à mon feu.

L'homme au sol me regarda fixement. Le lynx feula. Eh bien, je supposai que ça répondait à ma question.

— Lance tes flammes, et nous les jetterons dedans, suggéra Marco. Je pense qu'ils n'iront nulle part une fois que tu les auras sous ton souffle.

— D'accord.

Je regardai Marco.

— Orion m'a dit qu'il y avait un important métamorphe félin, un de tes semblables, qui tirait les ficelle de cette rébellion au moins en partie. Faisant des plans avec les renégats.

Les yeux de Marco s'assombrirent.

— Intéressant, dit-il, une pointe de sécheresse dans la voix. Voyons ce que ces deux-là ont à dire à ce sujet, d'accord ?

Je fermai les yeux, retrouvant mon essence de dragonne. La transformation se fit plus lentement cette fois, mon corps s'allongeant et s'étendant, mes nerfs se contractant. J'avais déjà épuisé une grande partie de mon énergie pendant le combat. Mais j'en avais assez en réserve pour que cet interrogatoire compte.

Je planai au-dessus des autres au milieu du petit bosquet. Mes proches se déplacèrent pour faire de la place. Je me concentrai sur la brûlure qui picotait au fond de ma gorge de dragonne. Sur ma à cause de la mort d'Orion et des autres morts que les renégats avaient semées. Sur mon besoin de savoir ce qu'ils pourraient nous réserver d'autre.

Puis j'ouvris mes mâchoires et laissai les flammes violettes couler.

Marco jeta le lynx dans le feu en premier. Il frissonna et se transforma en femme, recroquevillée au milieu des flammes.

— À quel membre de ma famille de métamorphes as-tu parlé ? demanda Marco dans la foulée.

— Je n'ai parlé à personne, dit la métamorphe lynx dans un gémissement. Personne ne me dit rien. J'ai juste fait de mon mieux pour aider.

— Connais-tu des alliés à votre cause parmi la famille féline — ou toute autre famille — à qui les autres renégats ont parlé ? demanda Aaron, formulant sa question avec soin.

Elle secoua la tête.

— Personne, sauf celui présent au de la famille disparate. Et celui-là.

Elle pointa Orion du doigt.

— Et il a bien mérité son sort après ce qu'il nous a fait.

— Qu'est-ce que vous alliez faire si votre plan pour nous piéger ici n'avait pas marché ? demanda Nate.

— Je ne suis pas sûre.

West s'éclaircit la gorge.

— Que sais-tu des plans des autres renégats ? dit-il.

Elle frissonna à nouveau, détournant la tête du souffle de mes flammes, mais elle ne put résister à leur brûlure.

— Il y avait des plans en cours d'élaboration autour du domaine félin, lâcha-t-elle. Je ne sais pas quoi. Mais les autres se préparaient à quelque chose d'énorme au cas où nous échouions ici.

Quelque chose d'énorme. Orion a dit que le reste des renégats était prêt à lancer un assaut massif. Combien d'entre eux restait-il maintenant ?

Je crachai un autre jet de flammes sur la métamorphe, ignorant la sensation de pincement qui commençait à se faire sentir dans mes muscles.

— On veut des détails, dit Marco. Dis-nous tout ce que tu sais sur ces plans.

— C'*est* tout ce que je sais.

Sa voix mua en un gémissement.

Aaron fit un geste vers Nate, réalisant peut-être que mes forces s'amenuisaient. Le métamorphe ours attrapa la femme rebelle et la tira hors du feu de vérité.

Thomas et Alice se tenaient prêts avec leur captif dans les mains. Le maladroit métamorphe albatros tituba sous les flammes, mais il n'avait pas plus de réponses aux questions de l'alpha que le métamorphe lynx. Ma gorge a commencé à faire mal. Je fis un signe à mes âmes-sœurs, et West posa une dernière question.

— Vos alliés qui ont fui devant cette attaque, où iraient-ils ?

— Je ne suis pas sûr, dit le gars d'une voix tendue. Peut-être retrouver le groupe principal en Floride ?

Mes flammes s'éteignirent. Ma transformation s'arrêta également. Je repris forme humaine et eus immédiatement une quinte de toux. Très ironique, tout ça.

Quand je repris le contrôle de mes poumons, les hommes de Nate étaient déjà en train d'emmener les deux renégats capturés.

— Qu'allez-vous faire d'eux ? demandai-je.

— Gardez-les, sous sédatif, jusqu'à ce que nous

décidions de la punition à leur infliger. soupira Nate. Ils n'étaient que des laquais. Je les aurais bien bannis, mais ils étaient déjà en marge de la famille, et regardes ce qu'ils ont fait.

Nos prisonniers n'en savaient pas assez. J'avais gravi toute une montagne pour gagner le pouvoir de ces flammes violettes, celles qui brûlent pour révéler la vérité. Aucune autre métamorphe dragonne avant moi n'avait revendiqué le secret de Sunridge. Mais, toujours est-il que ça n'avait pas été suffisant pour avoir, gain de cause.

— On dirait que pour autant qu'ils en sachent le groupe qui attend en Floride, constitue le gros du groupe des renégats, fis-je remarquer. L'albatros les a qualifiés de « noyau dur ». Ça correspond à ce qu'Orion m'a dit.

— Donc si on peut s'occuper des renégats qui sont là-bas, on aura peut-être la chance d'avoir éliminé le reste du problème, ajouta West. Ce qui serait beaucoup plus prometteur si on savait où ils sont en Floride.

— On va toujours là-bas ?

— Je pense que c'est le meilleur plan d'action que nous ayons, dit Aaron. "

Les renégats ne savent pas ce que nous avons découvert. Nous devrions nous rendre au domaine des félins, faire comme si nous ne soupçonnions pas que quelque chose n'allait pas, et enquêter à partir de là.

— Et quand je découvrirai lequel de mes proches a entretenu les illusions de ces fanatiques, vous pouvez être sûrs que cette personne va y laisser des plumes, dit Marco en montrant ses dents en un sourire féroce.

Nate se tourna. Son regard se posa sur le corps inerte

d'Orion. Il me regarda, se rendant compte du sang étalé sur ma peau. Sa mâchoire se crispa.

— On va s'occuper des renégats, dit-il d'une voix qui ne souffrait aucune discussion. Et le métamorphe rat musqué aura des funérailles avec tout le respect qui lui est dû.

12

Aaron

Monter dans un avion ne m'avait jamais semblé une bonne chose. Pendant tout le temps où j'étais hors du sol, mon corps ne cessait de me démanger, conscient que j'étais destiné à voler d'une autre manière, et non à laisser un morceau de métal faire le travail à ma place. Si j'avais le choix, je choisirais presque toujours un véhicule terrestre.

Je m'allongeais sur le siège en cuir, que j'avais incliné au maximum. J'étais encore un peu fatigué d'avoir passé l'avant-dernière nuit éveillé et sur les nerfs, donc je m'étais rendu seul dans la partie arrière du jet privé et j'avais tiré le rideau. Jusqu'à présent, je n'avais pas eu beaucoup de chance de me détendre.

Compte tenu des circonstances, se rendre au domaine félin aussi vite que possible semblait être la meilleure option. Si nous pouvions nous occuper des renégats et de leurs alliés en Floride avant qu'ils n'aient le temps de se préparer, tant mieux. J'avais donc accepté la proposition lorsque Nate avait suggéré qu'un de ses proches vienne nous chercher dans un jet sur un aérodrome près de notre lieu d'embuscade.

Mais même avec les fenêtres fermées, l'espace était seulement ombragé, pas vraiment sombre. Avec le bruit du moteur sous mes pieds, je ne pus que somnoler, pas m'assoupir complètement. Au moins, cela avait contribué à réduire ma fatigue.

Maintenant, je me préparais mentalement aux événements qui nous attendaient. Les félins et les oiseaux ne s'étaient jamais entendus, même sans traître dans le lot. Des chats et des oiseaux, ça ne fait pas bon ménage.

Quelqu'un donna des coups discrets contre le mur à l'extérieur du rideau.

— Aaron ? dit Serenity. Ça te dérange si je me joins à toi ?

Je me redressai, remettant la chaise en position verticale.

— Pas du tout. Viens.

Mon âme-sœur se glissa derrière le rideau. Elle me sourit, mais je pouvais voir l'inquiétude et le chagrin dans ses yeux. Ça me faisait mal au cœur. Je tendis la main vers elle, lui faisant signe de s'asseoir avec moi.

Les sièges de la salle du fond étaient disposés par paires, face à face, avec une petite table entre les deux. Serenity s'enfonça dans celui qui me faisait face avec un soupir et appuya ses coudes sur la table.

— As-tu réussi à te reposer ? demanda-t-elle.

Elle se souciait de moi d'abord, même avec tant d'autres choses en tête. Chaque fois que je pensais que je ne pouvais pas l'aimer plus, elle volait un autre morceau de mon cœur.

— Assez, dis-je. Je pense que je suis prêt à m'occuper d'une troupe de chats maintenant.

Son sourire se teinta d'amusement.

— Je suppose qu'ils ne vont pas être très amicaux avec toi, hein ?

— J'en doute. Je n'ai jamais vraiment visité le domaine félin avant. Nous avons gardé une certaine distance ces dernières années.

— Parce que vous n'aviez pas un métamorphe dragonne pour vous rapprocher.

— Oui. Mais cette période est terminée maintenant.

Je mis mes mains autour des siennes.

— Il y a quelque chose qui te tracasse. Tu voulais m'en parler ?

Elle mordit sa lèvre rose parfaite, ses yeux ambrés s'assombrissant.

— Je pense bien que c'est ce que tu viens de dire. Les tensions entre les différents groupes de métamorphes. Tous ces problèmes avec les renégats, et puis découvrir qu'ils ont non seulement réussi à faire basculer quelques métamorphes lambdas de leur côté mais qu'ils ont aussi quelqu'un de haut placé dans la famille des félins qui orchestre des attaques...

— C'est difficile pour nous tous d'accepter cette information, dis-je. Tu sais que je ne voulais pas faire face au fait qu'ils avaient atteint un de mes proches.

Elle acquiesça.

— Mais... vous gérez chacun votre propre famille à votre manière. Je suis censée d'une certaine manière unir tout le monde. Leur faire croire que, eh bien, croire en moi est la meilleure chose à faire. Mais je les connais à peine. Je connais à peine ma propre famille !

— Ce n'est pas ta faute. Personne ne te blâme pour ça.

— Eh bien, je ne sais pas, dit-elle ironiquement. Je pensais que je m'en sortais bien après la façon dont les choses se sont passées dans ton domaine, mais voir à quel point certains membres de la famille étaient méfiants à mon égard, c'était difficile à accepter. Et j'ai le sentiment que les félins vont être encore plus sceptiques. Ils ne font pas confiance à *Marco* pour les diriger, et il est l'un d'entre eux.

Je serrai ses mains dans les miennes, mon cœur se serrant aussi.

— Regarde tout ce que tu as déjà accompli. Tu t'adaptes à la situation mieux et plus vite qu'on aurait pu le souhaiter, Serenity. Il y a encore beaucoup de boulot — je ne vais pas prétendre qu'il n'y en a pas — mais je sais que tu peux relever le défi.

— J'ai juste...

Son regard s'est détourné du mien. Sa voix se fit plus basse.

— ...Et si essayer de remettre les choses comme elles étaient n'*était pas* la meilleure chose pour tous les groupes de métamorphes ? De toute évidence, la façon dont les renégats essaient de changer les choses n'est pas bonne, mais si le temps où les métamorphes dragonnes pouvaient unifier tout le monde était révolu ? Peut-être que cela fait trop longtemps qu'il n'y en a pas eu, et cela ne fait que causer plus de problèmes en essayant de recréer le passé.

— Tu penses vraiment que c'est vrai ? demandai-je.

— Non, dit-elle calmement. Je sens que c'est ici que je suis censée être. Tous les métamorphes sont comme mon peuple. Je veux être celle dont ils ont tous besoin. Mais je ne sais pas si je peux l'être. Et il y a déjà eu tellement de sang versé depuis que je suis revenue, *parce que* je suis revenue.

Oh, ma chère âme-sœur. Elle avait pris tant de responsabilités sur ses épaules, plus qu'elle n'aurait dû.

— Viens ici ? dis-je, en tirant doucement sur ses mains.

Elle se leva et fit le tour de la table. Je la fis venir sur mes genoux, où je pouvais la regarder droit dans les yeux sans qu'il y ait de distance entre nous. La pression de ses cuisses à cheval sur les miennes fit naître en moi une sensation d'excitation, mais je l'ignorai. Je déplaçai une mèche de ses cheveux qui était sur sa joue. Serenity me regarda avec affection et un peu de sa propre excitation.

— Je t'ai déjà dit que je me suis parfois sentie comme une étrangère, tant parmi les alphas que parmi les miens, dis-je. Je sais ce que c'est que de se demander si tu es vraiment ce dont ton peuple a besoin, parce qu'il n'est pas tout à fait sûr que tu le sois. Mais d'après ce que j'ai vu et vécu, ce qui compte le plus, c'est simplement que tu *sois* là, que tu les défendes de toutes les manières possibles, quand tu le peux. Ce dont tous les proches ont besoin en ce moment, c'est quelque chose de stable à laquelle se raccrocher. Tu peux être cette stabilité qu'ils recherchent.

— Tu dis ça comme si c'était facile, dit-elle.

Je gloussai.

— Je sais que ça ne l'est pas. Mais tu peux le faire. Reste stable. Trouve un équilibre entre toutes les exigences.

Tu as la ruse féline qui coule dans tes veines, autant que la grâce aviaire, la loyauté canine et la force de l'ours. C'est ce pour quoi tu es faite.

Ren

Je penchais ma tête encore plus près de celle d'Aaron. Les émotions tourbillonnaient en moi.

— Je ne sais pas, dis-je. Je ne me sens pas si en équilibre que ça.

— Non ? murmura-t-il en levant un sourcil.

Une émotion particulière m'envahissait avec plus d'insistance que les autres. J'humectais mes lèvres.

— Non. En fait, tout ce à quoi je semble pouvoir penser en ce moment, c'est à t'embrasser.

Mon compagnon fit savoir son approbation.

— Je pense qu'il y a un équilibre que nous pouvons trouver là aussi.

Il caressa ma joue avec son doigt et nos bouches se joignirent à mi-chemin. Si c'était sa façon de me faire une démonstration, j'étais prête pour la leçon.

Sa langue taquina la mienne et je caressai la sienne avec la mienne en retour. Mes mains descendirent et se posèrent sur ses genoux. Le renflement de son membre frôlait mon corps à travers nos vêtements, et soudain, je ne pensais plus qu'à *ça*.

J'approfondis le baiser en passant mes doigts dans les cheveux d'Aaron. Il me rendit mon baiser et m'agrippa par la taille. Avec une légère traction il rapprocha encore nos corps qui s'épousèrent parfaitement. Un gémissement s'échappa de ma gorge. Je ne pouvais m'empêcher d'onduler contre lui, pourchassant le plaisir que cette friction apportait. Aaron gémit. Il relâcha ma bouche pour embraser mon cou avec une ligne de baisers.

— Regarde comme nous pouvons facilement tomber dans un rythme qui nous convient, murmura-t-il.

— Tu es mon âme-sœur, dis-je en retenant mon souffle. Nous sommes faits pour ça.

Il s'arrêta et recula pour mieux me regarder les yeux dans les yeux.

— Et ils sont de ta famille, dit-il. Ils le sont tous. Ils *le sont*. Tu es faite pour les diriger.

Ma voix c'est étranglant dans ma gorge. J'appuyais mon front contre le sien.

— Tu m'as tellement manquée, dis-je. Je sais que tu n'es parti qu'une nuit, mais...

— Je sais, dit-il, sa voix se faisant épaisse. Quand j'étais coincé dans le camp des renégats, la principale chose qui me permettait de rester concentré était de penser à toi, de te protéger d'eux. Je pense que ce sera plus facile, après que nous aurons passé plus de temps ensemble...

— Mais pas encore, terminai-je à sa place. Pour l'instant, je veux tout.

Le désir assombrit ses yeux bleu clair.

— Tu peux tout avoir.

Nos bouches se rencontrèrent de nouveau en un baiser chaud et capiteux. Les mains d'Aaron remontèrent sous ma chemise pour caresser mes seins. Je gémis dans sa bouche alors qu'il pressait délicatement mes mamelons dont les bouts devenaient de plus en plus durs à chaque pression de ses doigts. Mes hanches s'arquèrent pour rencontrer les siennes.

Il retira ma chemise et me débarrassa de mon soutien-gorge. Puis ses lèvres et sa langue taquinèrent le bout de mes seins, l'un après l'autre.

Chaque morsure et chaque coup de langue provoquait des étincelles de plaisir en moi. J'haletai, me pressant dans son étreinte avec un désespoir qui ne me gênait plus. Il ressentait ce besoin tout aussi profondément que moi.

La pression montait entre mes jambes, de plus en plus intense. Je passais ma main entre nous pour la passer sur sa bite. Le souffle d'Aaron se fit saccadé contre ma peau. Il inclina ses hanches pour me donner un meilleur accès.

D'un coup sec, j'ouvris la fermeture éclair de son pantalon. Mes doigts glissèrent sous le tissu de son boxer pour un toucher peau contre peau.

— Trop de vêtements, marmonnai-je.

Aaron émit un petit rire rauque.

— On pourrait s'en occuper ensemble aussi.

Je me positionnai au-dessus de lui pour qu'il puisse baisser mon jean et ma culotte le long de mes cuisses. Je fis de même avec son pantalon. Sa main plongea entre mes jambes, son pouce caressant mon clito. J'haletai à nouveau, chevauchant ses doigts. Mais ce n'était pas ce que je voulais vraiment faire.

De nouveau, je pris sa bite. La façon dont son expression s'adoucit de plaisir lorsque j'enroulai mes doigts autour de son membre fit monter mon excitation en flèche. Je me descendis sur lui, gémissant alors qu'il me remplissait.

— Serenity, chuchot Aaron, comme une prière.

Il entra en moi, déclenchant une vague plus profonde de plaisir à travers mon corps. Je me mis à bouger à son rythme, mon extase augmentant aussi vite que je pouvais suivre son rythme.

Nous nous étions adaptés aux mouvements de l'autre, épousant le rythme de l'autre. Je ne savais pas s'il avait tout à fait raison au sujet de mon rôle dans la communauté, mais ça ? Cette passion n'aurait pas pu me venir plus naturellement.

Mon métamorphe m'attira à lui pour un autre baiser. Sa main remonta vers ma poitrine, la caressant au même rythme que ses mouvements de hanches. Je fis courir ma main le long de sa poitrine comme si je pouvais saisir encore plus la chaleur entre nous. La délicieuse brûlure à l'intérieur de moi s'étendit, inondant tous mes sens.

J'accélérai le mouvement, planant encore plus dans mon extase. Aaron me pilonna encore plus profondément, et je fus plongée dans le bonheur total.

Je continuais à le chevaucher, mon orgasme me faisant trembler, mais il avait suffi que mon intérieur se contracta soudainement pour qu'il dépassa lui aussi le point de non-retour. Il étouffa un son alors qu'il venait en moi.

Je m'affaissais contre lui, adorant la sensation de sa peau chaude et moite contre la mienne. Son odeur salée et musquée. Il m'entoura de ses bras, me collant contre lui, et embrassa mon front.

— Et si tu as besoin d'une autre démonstration... dit-il.

Je ris et le serrais fort dans mes bras. Je n'étais toujours pas sûre d'être prête pour ce qui nous attendait, mais au moins, je l'affronterais avec mes âmes-sœurs.

13

Ren

Celait faisait déjà deux fois maintenant que je me rendais au domaine d'un alpha. Je n'aurais pas dû me sentir si nerveuse. Mais lorsque le jet privé avait atterri sur les franges de la propriété de la famille féline juste au sud de Miami, mon estomac s'était noué en une énorme boule de tension.

Ce n'était pas seulement le nouveau groupe de métamorphes que je devais rencontrer. Il y avait aussi le traître dont on savait déjà qu'il se cachait parmi les familles importantes. Et peut-être qu'il y en avait plus d'un. Orion n'avait pas été si impliqué que ça avec les renégats. Il devait y avoir beaucoup de choses qu'ils ne lui avaient pas dit.

Marco avait appelé à l'avance quelques agents de sécurité de son domaine pour nous rencontrer à l'aérodrome.

— Ils nous donneront le feu vert quand ils auront fait un tour complet du périmètre, dit-il.

West inclina sa chaise en arrière, les épaules tendues.

— Et tu es sûr qu'on peut *leur* faire confiance ?

Marco plissa les yeux mais il sourit en même temps.

— J'ai confiance dans le fait qu'ils ne sont pas *tous des* traîtres, et ceux qui ne le sont pas attraperont tous ceux qui doivent l'être.

La sonnerie de mon téléphone se mit à retentir, de façon si inattendue que je tressaillis. Mes âmes-sœurs jetèrent tous des regards curieux dans ma direction. Personne d'autre que Kylie n'avait ce numéro. Je tâtonnais pour attraper le téléphone et répondis aussi vite que possible.

— Kylie, qu'est-ce qu'il y a ? Quelque chose ne va pas ?

— Pas du tout ! résonna sa voix enjouée à l'autre bout du fil. Tout va très bien. Surtout parce que je viens d'atterrir à Miami. Alors comment je fais pour aller de l'aéroport à au domaine des métamorphes ?

Je clignai des yeux, mon esprit s'étant momentanément arrêté de réfléchir.

— Euh… quoi ?

— J'ai pris l'avion pour te voir ! Tu as dit que tu serais près de Miami, et il y avait une offre en cours sur le site de la compagnie aérienne. Le vol était *si* bon marché que je n'ai pas pu résister.

J'ouvris puis refermai la bouche plusieurs fois avant de réussir à produire plus de mots.

— Ok. Okay. Oh mon dieu. Laisse-moi juste… en parler aux gars.

Qui étaient tous en train de me regarder. Marco avait l'air amusé, Aaron curieux, Nate inquiet, et West — eh bien, il était assez difficile de lire l'expression de West à certains moments. Je dirais "sinistre" cette fois-ci.

Marco était l'homme qui devait s'occuper de la logistique ici, je suppose. Je pausais la paume de ma main sur le téléphone avec ma paume.

— Kylie, euh, a pris l'avion pour venir ici. Elle est à l'aéroport de Miami. On peut... l'amener ici ? Elle veut nous rendre visite.

— Je ne suis pas sûre que ce soit le meilleur moment pour ça, fit remarquer Aaron.

Oh. C'est vrai. Dans mon choc, j'avais complètement oublié que même nous n'étions pas nécessairement en sécurité dans la propriété. Et que Kylie n'avait pas de super pouvoirs de métamorphes à invoquer si la situation se dégradait. Un frisson me parcourut.

— Elle est déjà là. Je ne sais pas si elle peut se permettre de changer son billet pour rentrer directement.

Marco faisait déjà un geste de la main.

— N'y penses même pas. Nous gérer tout ça.

Je remis le téléphone à mon oreille.

— En fait, Kylie... On est dans une mauvaise passe en ce moment. On a découvert que l'un des hommes de Marco a aidé les renégats, et on dirait qu'ils préparent une attaque pendant qu'on est ici. Je ne veux pas que tu sois blessée à nouveau, même si j'ai vraiment, vraiment envie de te voir.

Il y eut une pause.

— Tu as peur que je sois en travers de ton chemin, dit Kylie.

Je n'avais pas pour habitude de l'entendre abattue, mais je percevais sa déception dans son ton plat qui manquait d'enthousiasme.

— Non ! dis-je. Je sais juste que s'il y a une bagarre ou autre, tu ne peux pas te défendre de la même façon que nous.

Kylie prit une grande inspiration.

— Et si ça ne me pose pas de problème ? Dit-elle. J'ai survécu longtemps autour de personnes beaucoup plus costaudes et coriaces que moi. Je ne vais pas être un handicap, Ren. Peut-être même que je vais aider ! J'ai même trouvé le premier indice de ta mère pour vous.

Elle fit une nouvelle pause.

— À moins que tu ne veuilles pas du tout que je sois là.

Mon cœur se déchira. J'avais tellement envie de l'avoir avec moi, de lui parler face à face plutôt qu'à travers un écran de téléphone. Kylie *avait* survécu à beaucoup de choses dans la ville pendant les années où nous étions dans la rue. Peut-être que je sous-estimais la force et l'ingéniosité d'une non-métamorphe.

— J'aimerai beaucoup que tu sois là, dis-je rapidement. Crois-moi. Tu as raison. Je vais demander à Marco d'envoyer quelqu'un. Quand je saurai quel est le plan, je t'enverrai tous les détails dont tu auras besoin.

Quand je raccrochai, Marco me regardait le sourcil arqué. Je m'enfonçai dans mon siège. — Elle a présenté un argument très convaincant. Et Kylie est la personne la plus dure que je connaisse, même si elle n'en a pas l'air.

— C'est à de voir, princesse, dit Marco. Je peux envoyer quelqu'un.

Je m'attendais à ce que l'un des autres alphas — probablement West – ne s'oppose mais personne ne dit rien.

— Ok. Quand tu enverras quelqu'un dis-moi avoir où Kylie doit le rencontrer.

Marco hocha la tête. Puis il fit un geste expansif vers le groupe.

— Nous sommes prêts à partir maintenant. Mon personnel a préparé un déjeuner informel de rencontre et d'échange. Je vous dirais bien de vous comporter correctement, mais mes proches ne le feront probablement pas, alors faites comme bon vous semble.

Alice me suivit alors que nous nous dirigions vers la porte de l'avion.

— Je garderai un œil supplémentaire sur ton amie si tu veux.

Mes yeux s'agrandirent.

— Si ça ne te dérange pas…

— Pas du tout, dit-elle fermement. Les amis sont importants. Dieu sait que tu auras besoin d'en avoir autant que possible, et je ne vois pas l'intérêt de faire de la discrimination sur qui ou ce qu'ils sont. Si elle est importante pour toi, c'est tout ce qu'il me faut.

Je lui souris, plus touchée que je ne saurais le dire. Apparemment, je m'étais fait au moins une autre vraie amie pendant mon séjour chez les métamorphes.

Le domaine de Marco était plus à l'intérieur des terres que celui d'Aaron, mais le sel de la brise me disait qu'il y avait de l'eau saumâtre à proximité. Sinon, l'endroit était totalement différent des autres domaines que j'avais visités. Une végétation tropicale luxuriante poussait tout autour des chemins, les palmiers nous faisaient de l'ombre avec leurs frondes au-dessus de nos têtes. La chaleur de l'été avait un poids humide.

Lorsque nous l'atteignîmes, nous nous retrouvâmes devant une massive demeure coloniale, toute de couleur pêche sauf les décorations blanches ornementales autour des fenêtres et des portes. Une serre presque de la même taille que le reste du bâtiment, dont les vitres étaient teintées pour empêcher quiconque de regarder à l'intérieur, se dressait à l'aile nord.

Ayant séjourné brièvement dans l'une des maisons d'hôtes de l'alpha félin, je savais à quoi m'attendre à l'intérieur du manoir : tapis épais, meubles anciens de style victorien et velours pratiquement partout. Je me sentis pas assez habillée à la seconde où je franchis la porte. Marco avait ouvert la voie vers la vaste salle de bal où se déroulait son "déjeuner informel".

Quelques douzaines de métamorphes félins — ceux qui vivaient sur les terres du domaine, je suppose — étaient déjà rassemblés là, grignotant des mignardises présentes sur des plateaux disposés sur les tables le long des murs. La plupart d'entre eux jetèrent un coup d'œil dans notre direction, mais personne ne se précipita pour nous saluer.

Attitude distante typique des chats, me dis-je, avant de me reprendre et de réprimer un sourire. Oui, les métamorphes félins avaient certainement gardé les attitudes de leurs homologues animaux.

Mais il se pourrait qu'en ce moment même l'un des membres de ce groupe de félins qui nous entourait pourrait être en train de comploter pour nous renverser tous. J'étudiais chacun d'entre eux alors que Marco me guidais plus à l'intérieur de la pièce.

— Alpha…, dit une femme qui se trouvait dans le premier groupe que nous avions approché.

Elle accompagna ses mots d'un léger mouvement de tête en signe de déférence.

Son odeur m'informa qu'elle était une lionne. Elle tourna ses yeux dorés vers moi.

— …Et voici le métamorphe dragonne.

Son ton ne laissait transparaître aucune émotion, mais je sentais qu'elle me jaugeait. Je levai le menton instinctivement, regrettant de ne pas avoir insisté pour mettre quelque chose de plus élégant qu'un jean et un T-shirt.

— C'est *The* Serenity en chair et en os, dit Marco d'un ton langoureux mais sans aucune ironie. J'espère que tous les membres de ma famille lui feront honneur.

— Naturellement, répondit la métamorphe.

Elle me tendit une main élégante pour que je la serre.

— Coreen des Bushnells.

— C'est un plaisir de vous rencontrer, dis-je, me retenant de tout autre commentaire que j'aurais pu faire sur accueil chaleureux - ou plutôt l'absence de chaleur dans son accueil.

Le reste des présentations se déroula à peu près de la même façon. Une remarque énigmatique, un regard, une légère démonstration de respect. Les félins étaient vraiment très différents des autres métamorphes que j'avais rencontrés. Je ne ressenti pas de vibrations hostiles venant d'aucun d'entre eux, mais vraiment, il était difficile de dire qui se sentait simplement non concerné et qui était carrément dédaigneux.

— Ils sont toujours comme ça ? murmurai-je à Marco lorsque nous nous arrêtâmes à l'une des tables pour être seuls un moment. Ou est-ce qu'ils t'insultent - ou moi - ou quelqu'un d'autre dans notre dos ?

Il gloussa.

— Princesse, cela montre l'étendue de leur enthousiasme pour la hiérarchie. Je suis réellement impressionné.

Il tourna la tête et soupira.

— Eh bien, je l'étais. Prépare-toi.

Pour quoi faire ? Je voulais demander, mais le problème qu'il avait vu venir était déjà sur nous.

— *Eh bien*, ronronna le lynx métamorphe qui s'était placé à ma droite.

Je ne pouvais pas dire si les mouchetures d'argent dans son poil fauve faisaient partie de la couleur de son animal ou étaient le reflet de son âge, mais s'il avait plus de trente-cinq ans, l'âge lui allait bien. Il me fit un sourire narquois en me jaugeant.

— N'es-tu pas la plus belle métamorphe que j'ai jamais vu passer cette porte ? Sans vouloir offenser mon alpha.

Il fitit un clin d'œil à Marco, qui sourit avec indulgence.

— Pas de problème, Silvan. Je n'ai pas besoin que tu me passes la pommade pour savoir à quel point je suis je suis charmant.

— Peut-être que pendant que vous vous occupez de vos tâches, je pourrais faire visiter le domaine à ce trésor.

L'attention de Silvan revint sur moi. Sa voix dégoulinait pratiquement de flirt.

— Il y a tellement *de* choses que je pourrais vous montrer.

Je parie qu'il y en avait. Je serrai la mâchoire, ne sachant pas si je devais rire ou cracher d'indignation. Était-il sérieusement en train de me faire des propositions devant mon âme-sœur ?

Marco ne semblait pas s'en soucier — mais Marco donnait toujours l'air de ne pas se soucier de quoi que ce soit. Et peut-être que ce gars pensait qu'il pouvait s'en tirer avec ce flirt parce que son alpha *n'était pas* encore totalement uni à moi.

Toute la bonne humeur que j'avais ressentie à propos de cette rencontre s'était envolée. Je fixai le métamorphe d'un regard ferme.

— J'apprécie l'offre, mais je sais que Marco s'occupera très bien de moi.

J'ai mis ma main autour du coude de Marco en même temps. Mon métamorphe jaguar ne dit rien, mais je sentis les vibrations d'une heureuse parcourir sa posture.

Silvan ne semblait pas perturbé.

— Eh bien, si vous changez d'avis, je suis sûr que vous saurez me trouver.

Il s'en alla.

— Wow, dis-je. C'était... d'un autre niveau.

— Je devrais probablement te prévenir que tu vas recevoir au moins trois offres similaires avant la fin de la journée, a dit Marco, son sourire de nouveau narquois.

Un murmure s'éleva près de la porte au fond de la salle

de bal. Je jetai un coup d'œil, et mon regard s'arrêta net sur des cheveux rose fluo. Mon cœur fit un bond.

— Kylie !

Je me précipitai à travers la pièce, soudainement heureuse de ne pas être plus habillée, car je pouvais bouger beaucoup plus vite en baskets qu'en talons. Ma meilleure amie poussa un cri de joie quand elle me vit. Nous nous jetâmes dans les bras l'une de l'autre, moi faisant attention à ne pas la serrer *trop* fort avec ma nouvelle force de dragonne. Non pas que Kylie soit un poids plume. Elle était petite, oui, mais pleine de force.

Quand je desserrai mon étreinte, elle regarda la pièce, les yeux brillants.

— C'est vraiment génial, Ren. Et moi qui pensais que l'appartement de Marco à New York était chic. Donc c'est, comme, la capitale des métamorphes félins ?

Je souris.

— Tu as vu ça ! Je n'arrive pas à croire que tu sois là ! Combien de temps peux-tu rester ?

— Je suis censée reprendre le travail mardi, mais je peux toujours appeler et décaler. Je n'ai pas encore utilisé mes jours de congés. Oh mon dieu ! Je vais pouvoir te voir te transformer en dragonne.

Elle pris mes mains dans les siennes et sautâmes de joie.

— Au fait, où sont tes gros bras ?

Je levai les yeux réalisant que nous étions devenues le centre de l'attention. Les métamorphes tout autour de la pièce nous fixaient, moi et ma meilleure amie — enfin, surtout ma meilleure amie. Je voyais les narines d'une femme se dilater d'indignation.

— Pourquoi une *humaine a-t-elle* été autorisée à entrer dans notre domaine ? demanda-t-elle.

Je me rapprochai de Kylie automatiquement, mes nerfs tendus. Marco s'approcha vêtu d'un air d'autorité que je lui avais rarement vu. Mais c'était la première fois que je le voyais parmi tant de ses semblables.

— L'humaine est l'alliée de votre dragonne, dit-il, en élevant la voix assez fort pour que toute la pièce puisse l'entendre. Et vous la traiterez avec le même respect que la dragonne. Des objections ?

Il fit un sourire pincé.

Plusieurs têtes se sont détournèrent. Les autres regards se baissèrent. La femme qui s'était plainte marmonna quelque chose, et Marco dit d'une douce voix ferme mais claire :

— Des choses à dire, Livia ?

Ses lèvres se pincèrent, son visage pâlit légèrement.

— Non, monsieur.

Marco n'avait pas l'air convaincu, mais il laissa couler.

— Une visite surprise, mais bienvenue, dit-il à Kylie en nous rejoignant.

Kylie eut une expression un peu crispée.

— Ça ne va pas poser de problèmes que je sois là, n'est-ce pas ? Tout le monde semblait si détendu dans l'autre village de métamorphes, je ne pensais pas qu'ils se fâcheraient.

— Ils s'en remettront. Nous, les félins, sommes très adaptables.

Le sourire qu'il lui offrit était beaucoup plus chaleureux que celui qu'il avait offert à la foule.

— Viens, dis-je en attrapant le bras de Kylie. Tu dois avoir faim. Il y a *tout ce qu'il faut* pour te rassasier ici.

Je gardai un ton enjoué même si mon cœur battait la chamade. Alice croisa mon regard de l'autre côté de la pièce, et j'hochai la tête. Je voulais définitivement qu'elle couvre les arrières de ma meilleure amie autour de ce groupe.

Nous avions à peine atteint les tables qu'une nouvelle voix retentit dans la pièce.

— Alpha ! Si tu mérites ce titre.

Hésitante, je pivotai sur mes talons. Un imposant tigre métamorphe se dirigeait vers Marco, la tête haute et le regard menaçant. Le gars devait avoir au moins quinze centimètre de plus et une vingtaine de kilos de plus que mon métamorphe jaguar.

Un picotement parcourut ma peau alors que mon corps se préparait instinctivement à se transformer. Je me retins. Cela n'allait pas aider Marco si son âme-sœur menait ses batailles à sa place.

— Julius, dit Marco d'un ton froid. Qu'est-ce que tu racontes ?

Le métamorphe tigre s'arrêta à quelques mètres de son alpha et se renfrogna.

— Je dis que tu n'es pas assez fort pour nous diriger tous. Je dis qu'un vrai alpha aurait consommé son lien avec le dragonne, et ne se serait pas écarté pendant que les autres chefs de la famille le faisaient, nous laissant tous dans l'attente. Je dis que je pourrais t'écraser d'un coup de pattes.

Mon sang se glaça. Les autres métamorphes étaient devenus complètement silencieux, encore plus silencieux que lorsque Kylie était arrivée. Marco croisa les bras sur sa poitrine et pencha la tête.

— Est-ce un défi formel, ou juste de l'esbroufe ?

— Considères le comme un challenge, grogna Julius. Rendez-vous ce soir, à moins que tu n'essaies de t'en tirer à bon compte.

— Je n'ai pas besoin de me défiler, dit Marco avec légèreté. Je serai heureux de régler ça ce soir. Que le meilleur gagne.

14

Kylie passé son bras autour du mien tandis qu'un préposé nous conduisait à nos chambres. Elle dit d'une voix basse :

— Alors... cette histoire de défi. Qu'est-ce que ça signifie exactement pour Marco ?

J'avalai ma salive de travers. Mon pouls n'avait pas cessé de s'accélérer depuis que le métamorphe avait quitté la salle de bal en fanfare. J'aurais aimé avoir une meilleure idée de ce que le défi signifiait pour moi.

— Je ne suis pas sûre, répondis-je. L'autre gars veut la position alpha. Je suppose qu'ils vont se battre. Ce soir.

Dans... quoi... juste quelques heures ? Marco ne pouvait pas être prêt.

Est-ce que *c'était ça*, être alpha, pour lui, depuis le début ? Des défis aléatoires à chaque tournant, ne pas pouvoir passer une heure sur son domaine sans qu'un connard ne l'affronte ? Ça deviendrait très vite lassant.

Soudain, je n'avais plus de mal à croire qu'il pensait vraiment ce qu'il avait dit sur le fait d'abandonner le rôle.

Seulement il ne pouvait pas faire ça et rester mon âme-sœur. S'il renonçait à sa position d'alpha, mon lien serait transféré à celui qui serait nommé à sa place.

Et la même chose arriverait s'il perdait ce défi.

— Mais tout ira bien, n'est-ce pas ? demanda Kylie. Je veux dire, il n'a jamais été détrôné.

— Ouais, répondis-je.

Si seulement j'étais totalement sûr de la victoire de Marco. Au fond de moi, je continuais à voir le métamorphe debout devant lui, plus grand et plus large. La taille n'était pas tout, mais ça comptait énormément dans un combat.

— Mon dieu. Je n'avais aucune idée que les choses seraient aussi tendues. Je suis désolée si j'ai fait empirer la situation.

— Hey… Je stoppai Kylie qu'elle me fasse face alors que le préposé lui ouvrait une porte… Je suis contente que tu sois là. Tous les problèmes que la famille de Marco peut rencontrer sont de leur faute, pas de la tienne. Je te remercie d'être venue. Le fait de t'avoir avec moi rend les choses un peu plus faciles à gérer.

Ma meilleure amie me sourit et me prit dans ses bras.

— C'est pour ça que je suis là.

Je lui rendis son câlin, puis je me détachai.

— Je veux quand même que tu restes en sécurité. Peux-tu juste rester dans la chambre d'amis pour un petit moment. Je pense que je devrais parler à Marco.

Kylie me fit signe que oui.

— Bien sûr, bien sûr. Va t'occuper de ton âme-sœur. Je

peux déjà voir que j'ai plein de choses luxueuses ici pour m'occuper. Mais si tu croises de beaux métamorphes inoccupés, n'hésite pas à me les envoyer !

Je ne pus m'empêcher de rire, même si mon estomac était encore noué.

— Je le ferai.

Les quartiers privés de Marco étaient juste au bout du couloir où se trouvait la mienne. Je toquai à sa porte.

— Marco ?

— Entrez, dit-il depuis l'autre côté.

Quand j'entrais dans la pièce, il était debout près de la chaise longue du salon. Il me lança un regard amusé.

— Tu n'as pas besoin de toquer pour me voir, princesse. Considère que ces pièces sont autant à toi qu'à moi.

— Je m'en souviendrai. Tu vas bien ?

Marco haussa les épaules d'un air insouciant, mais je le connaissais suffisamment maintenant pour remarquer la lueur de colère dans ses yeux indigo.

— Les défis arrivent. Ils l'ont fait avant et le feront encore. Ce n'est pas comme ça que j'aurais espéré passer ma première soirée ici avec toi, mais nous devrons juste faire en sorte que demain soir soit encore meilleur pour compenser.

Son sourire avait l'air un peu tendu aussi. Je m'approchai de lui.

— On dirait que ce Julius a été un emmerdeur depuis le début.

Marco acquiesça.

— Il aime s'entendre parler, surtout si c'est pour se

plaindre de la façon dont les autres font les choses. Apparemment, il a décidé d'arrêter de parler.

— Tu crois que c'est lui qui est allié aux renégats ? demandai-je.

— C'est possible. Un défi, s'il réussissait, ce serait un moyen assez direct de perturber le statu quo. Mais il ne va pas réussir, donc c'est vraiment un très mauvais plan, si c'en est un.

Julius s'était montré dédaigneux et agressif, mais il n'y avait aucun moyen pour moi de dire si son défi était simplement personnel ou s'il cachait un programme plus vaste. Ça n'avait pas vraiment d'importance de toute façon. Cela ne changeait pas ce que j'étais venue faire.

Je touchai le visage de Marco, traçant mes doigts le long de la ligne de sa mâchoire angulaire.

— Je suppose que nous pourrions nous amuser avant ce soir aussi.

Une autre sorte de lumière brilla dans les yeux de Marco. Il baissa sa tête vers la mienne.

— Qu'avez-vous exactement à l'esprit, ma princesse des flammes ?

Je l'embrassai en réponse. Il un grondement monta du fond de sa gorge et m'embrassa en retour, ses mains se levèrent pour s'emmêler dans mes cheveux. Ses doigts effleurèrent mon cuir chevelu, ce qui fit frissonner mon corps d'anticipation.

Il inclina légèrement ma tête pour approfondir le baiser. Je pressai ma bouche contre la sienne avec avidité. Le lien en moi palpitait d'impatience, me poussant à continuer.

Sans rompre le baiser, je fis un pas en arrière vers la

porte de la chambre. Marco me suivit. Sa langue pénétra ma bouche, et pendant un moment chaud et enivrant, elle caressa la mienne. Puis je dus le lâcher pour grimper sur le lit.

Marco rôdais après moi, il n'y avait plus rien que du désir dans son regard maintenant. Il se pencha sur moi sur le lit et réclama ma bouche à nouveau. Ses doigts effleurèrent mes seins avec juste assez de pression pour que mes mamelons marquent ma chemise et mon soutien-gorge — mais je voulais encore plus. Je me cambrai à son contact, et il gloussa.

— Chaque chose en son temps, murmura-t-il en se laissant aller à un autre baiser.

Non. Plus nous prenions du temps, plus il avait l'occasion de remettre en question mes motivations.

J'attrapai sa chemise et la remontai. Marco me laissa l'enlever, restant penché au-dessus de moi pendant quelques secondes tandis que j'observais sa poitrine fine mais musclée. Je passai mes mains sur le plan de muscles solides, et ses paupières se baissèrent.

— Princesse, dit-il dans un grognement affamé.

J'enlevai ma chemise aussi. Marco se pencha pour embrasser le côté de mon cou et ma clavicule. Je gémis quand il atteint la limite de mon soutien-gorge. À mon soulagement, il se débarrassa rapidement de cet obstacle. D'un geste rapide, il le dégrafa et le jeta sur le côté. Puis il passa sa langue sur un téton en grand besoin de caresses.

J'haletai devant la montée de plaisir qui se répandait dans ma poitrine. Oui, c'était exactement ce dont nous avions besoin tous les deux. Un de mes bras s'enroula autour des épaules de Marco. L'autre glissa le long de mon corps pour défaire la braguette de mon jean. J'attrapai la main de Marco et la guida dans la même direction.

Il gémit quand ses doigts atteignirent ma culotte humide. Je frissonnai de désir, la pulsation entre mes jambes ne fit que croître à mesure qu'il m'y caressait.

— Si prête, dit Marco d'une voix basse et amusée.

Il fit une pause, sa main immobile. Ses yeux cherchèrent les miens. Son expression était devenue brusquement sérieuse.

— Princesse, que fais-tu ?

Merde.

— Je te séduis ? dis-je avec toute la timidité dont j'étais capable, en battant des cils pour lui. Est-ce un problème ?

Il retira complètement sa main. Je gémis presque à la perte de contact. Il la posa à côté de mon corps puis poussa sur ses deux mains pour me regarder.

— Pourquoi maintenant ?

— Est-ce que ça compte ? Je te veux, tu me veux...

Je fis glisser mes doigts le long de son torse nu jusqu'à la taille de son jean.

Marco ferma les yeux pendant une seconde, comme s'il reprenait son sang-froid. Quand il me regarda de nouveau, son regard était dur.

— Ren. S'il te plait. Pourquoi *maintenant* ?

Je ne pouvais pas supporter de mentir à mon âme-sœur, pas quand il me le demandait comme ça. J'avalai de travers.

— J'ai envie de toi. Mais j'ai aussi... Julius s'en est pris à toi parce que notre lien n'est pas encore consommé. Je pensais que s'il l'était, il se retirerait peut-être.

— Oh, princesse.

Marco laissa descendre sa tête jusqu'à ce que son nez frôle le mien.

— Tu penses vraiment que je vais perdre contre cette piètre excuse de tigre ?

— Non, dis-je, de façon assez honnête.

Les images qui me hantaient depuis que Julius avait lancé son défi me revinrent en mémoire. Tous les états dans lesquels Marco pouvait se trouver après la bataille, blessé et en sang.

— Je ne veux pas voir à quel point il pourrait te blesser alors que tu es en train de gagner. Si je peux te sauver de ça...

Marco prit une grande inspiration.

— Il y a peu de temps, j'ai pensé que tu aimerais me voir me battre un peu.

Mon dos se raidit. L'idée que j'aie pu lui infliger ce genre de douleur me fit tellement souffrir que j'en eus les larmes aux yeux.

— Non, dis-je d'une voix étouffée par l'émotion. J'étais en colère contre toi, mais je ne voudrais jamais... c'est la dernière chose que je...

Les yeux de Marco s'écarquillèrent. Il passa son pouce sur mes lèvres, mettant fin à ma lutte pour trouver les mots.

— Je suis désolé, dit-il. C'était seulement une blague — une mauvaise, clairement. Je... n'avais pas réalisé que mon bien-être était si important pour toi.

—Bien sûr que si, espèce d'idiot, marmonnai-je. Tu es mon âme-sœur. Je suis évidemment bouleversé par le défi.

J'ai juste pensé que c'est la seule chose que je pouvais faire pour t'aider...

— Serenity.

Marco descendit un peu vers moi prenant appui sur son coude et m'attira contre lui. Il embrassa mon front et dit d'une voix un peu tremblante :

— Tu n'as pas idée à quel point tu m'as déjà aidé, avec tout ce que tu as fait jusqu'à présent. Et je ne suis pas contrarié par le défi parce que j'ai peur de Julius. Les confrontations de ce genre ne font que raviver des souvenirs que je préférerais éviter.

Je blottis ma tête contre son épaule.

— Lesquels ?

Il hésita pendant un long moment. Quand il reprit la parole, sa voix était encore plus calme.

— Tu m'as déjà demandé comment j'avais eu cette cicatrice.

Il touché la ligne pâle qui coupait son sourcil en deux.

— Je t'ai dit que c'était à cause d'un défi. Ce défi particulier... venait d'un membre de ma famille que je considérais comme un ami. Un de mes amis les plus proches. Nous avions grandi ensemble, joué ensemble et nous nous étions entraînés ensemble avant même que je sois nommé alpha en devenir. Je me serais battu jusqu'à la mort pour lui.

Ma gorge se noua. Oh, mon Dieu.

— Mais au lieu de cela, tu as dû te battre à mort *contre* lui.

— Pas à mort. Pas à ce moment-là. Mais j'ai dû le combattre, oui. J'ai dû l'écouter me dire qu'il ne croyait pas que je méritais d'être alpha, que je ne méritais même pas d'être de la famille, et ensuite j'ai dû le battre pour le soumettre.

Marco fit une pause et pris une profonde inspiration.

— C'était lui ou moi, et à la fin j'ai choisi moi.

— Tu as fait ce que tu devais faire.

— Oui. Mais quand il y a un défi, le perdant est banni. Un alpha ne peut pas avoir quelqu'un qui a essayé de saper son autorité à traîner dans les parages. Et Devon ne savait pas quoi faire de lui-même une fois qu'il s'est retrouvé seul, à devoir se gérer seul.

— Que s'est-il passé ? demandai-je.

Je pouvais déjà dire, au ton grave de Marco, que ce n'était pas quelque chose de bon.

— Il a fini par s'embrouiller avec une bande de vampires. Ils n'étaient *vraiment* pas contents de ce qu'il leur avait dit ou fait.

Marco a dégluti de manière audible.

— Quand on a retrouvé son corps... il était évident qu'ils l'avaient torturé pendant un moment avant de finir le travail. Donc non, je ne l'ai pas tué. Mais je l'ai envoyé à la mort. Et la pire mort que je puisse imaginer.

J'enroulai mon bras autour de mon âme-sœur, le serrant dans mes bras.

— Tu n'avais pas le choix. Tu ne pouvais pas savoir ce qui allait lui arriver. Ce n'est pas comme si tu l'avais poussé se frotter à ces vampires.

— Je me suis dit tout ça, dit Marco. Mais j'ai toujours l'impression de recevoir un coup de poing dans le ventre chaque fois que j'entends le mot « défi ».

J'inhalais l'odeur de sa peau, qui me rappelait du café épicé. Sa respiration saccadée, la tension toujours présente dans ses muscles… Il n'avait pas voulu me raconter cette histoire avant maintenant. Il l'avait évité pendant des semaines. Mais il l'avait fait, finalement, pour que je comprenne.

— C'est pourquoi tu étais impatient de » consommer le lien, dis-je. C'est pourquoi il était si important pour toi de sécuriser ta position par tous les moyens.

— Je n'aurais pas dû te voir comme un moyen d'arriver à mes fins, dit rapidement Marco. Je ne *voulais pas* penser à toi de cette façon. Mais l'idée était là. Je l'ai laissée m'envahir. Tu sais combien je suis désolé pour ça.

— Mais maintenant… commençai-je, bougeant mon corps contre le sien.

Marco gémit, mais il agrippa ma cuisse pour me tenir tranquille.

— Ren, dis-moi la vérité. Est-ce que tu t'offrirais à moi maintenant si Julius ne m'avait pas défié ?

Je voulais dire oui. Le mot resta coincé dans ma gorge. Je ne pouvais pas savoir exactement ce que j'aurais fait si le déjeuner s'était déroulé différemment… mais je pouvais faire une supposition raisonnable.

— C'est ce que je pensais, dit Marco devant mon hésitation.

— Marco…

Il prit mon visage dans ses bras et me regarda dans les yeux.

— Princesse, ça va aller. La première fois qu'on s'unit, je veux que ce soit uniquement parce que tu en as envie, pas même un peu parce que les circonstances te forcent la main. Je peux battre Julius sans transpirer, et je peux attendre. C'est le moins que je puisse faire.

Ma voix s'étrangla de nouveau dans ma gorge, mais pour une raison complètement différente. Le fait qu'il dise « non » avait dissous le dernier de mes doutes. Je pouvais m'abandonner dans ses bras avec plaisir maintenant, défi imminent ou pas.

Mais j'avais grillé cette carte pour le moment. Je me contentais de l'embrasser, doucement et gentiment, tandis que sa main caressait le côté de mon visage.

Mon corps picotait encore de désir. Peut-être que Marco pouvait le sentir aussi. Il recula de quelques centimètres avec un sourire charmeur.

— Je serais, cependant, heureux de profiter de toi d'une autre manière.

Avant que j'aie eu le temps de lui demander ce qu'il voulait dire, il descendit le long de mon corps. Ses doigts accrochèrent l'ourlet de ma culotte tandis qu'il effleurait de ses lèvres mes seins et mon ventre. J'haletai quand sa bouche se referma sur la boule de terminaisons nerveuses qu'était ma perle. Toutes les parties de mon cerveau qui s'inquiétaient furent court-circuitées, et pendant un bref instant, je n'étais faite que de bonheur.

15

Je ne me suis jamais senti à l'aise avec les métamorphes félins. Marco, je pouvais le supporter, parce qu'au moins il était dévoué à quelque chose. Le reste de sa famille, tu ne savais jamais ce qui se passait derrière leurs yeux sournois.

Je considérai au moins, la plupart d'entre eux comme louches. Le métamorphe qui avait défié Marco il y a quelques heures était apparu comme un trou du cul assez rapidement. Ou du moins, c'est ce que j'avais déterminé en gardant un œil sur lui. En ce moment, il jouait au billard avec deux de ses proches dans la grande salle de divertissement de la propriété, hurlant victoire chaque fois qu'il mettait une boule dans une poche. Le son me faisait grimacer intérieurement, même de l'autre côté de la pièce. J'ajustai ma position contre le mur près de la porte.

J'avais sorti mon téléphone, prétendant y dédier toute mon attention. En fait, je m'étais renseigné auprès de quelques-uns de mes lieutenants pendant que Julius le tigre se pavanait et fanfaronnait. Maintenant, je jouais une partie de Candy Crush, très peu enthousiaste, tout en restant attentif aux conversations autour de moi.

Je venais de passer un niveau quand Ren entra dans la pièce. Une bouffée de son parfum atteignit mon nez : sa douceur habituelle mêlée à un musc qui me fit bander en deux secondes. Je me redressai, résistant à l'envie de me lécher les lèvres, ignorant la jalousie qui me tiraillait la poitrine. Elle avait été avec au moins un des autres alphas, je le savais. Et cet alpha l'avait fait décoller, et bien décoller.

Un soupçon de l'odeur de l'excitation sur elle, et je me rappelai l'autre nuit dans son lit. Ma bouche sur sa peau, sa main autour de ma bite...

Ouais, penser à ça maintenant n'allait pas m'apporter grand-chose d'utile. Je pris une inspiration pour stabiliser le battement de mon pouls.

Notre métamorphe dragonne n'était pas là pour me voir. Elle traversa la pièce et s'arrêta près du billard, le regard fixé sur Julius. Merde. Qu'est-ce qu'elle foutait là ?

Je glissai mon téléphone dans ma poche et m'approchai un peu plus près, en essayant d'avoir l'air décontracté, ce qui n'était pas facile quand tous les métamorphes félins à proximité jetaient un coup d'œil dans ma direction à cause de l'odeur de mon loup. Julius se retourna et repéra Ren. Il posé la queue du billard au sol, en souriant.

— Métamorphe dragonne. Tu viens prendre un bon départ avec ton nouveau compagnon ?

Le menton de Ren se releva en signe de défi, et elle

cligna des yeux. Elle était magnifique comme ça, mais cela signifiait aussi qu'elle était sur le point de se jeter dans la gueule du loup. Si déterminée à réparer tous les torts, même si elle comprenait à peine la menace à laquelle elle faisait face. Ça me faisait mal au cœur, mais ce sens de la justice n'allait servir à personne si elle se faisait déchiqueter dans le processus. Je me raidis, prêt à me transformer.

— Non, répondit Ren, assez fort et clair pour que toute la pièce l'entende. Je suis venue t'offrir une porte de sortie. Marco va gagner ce soir. Et même s'il ne gagnait pas, je ne *t*'accepterais jamais comme compagnon. J'ai pensé qu'il était juste de le mentionner à l'avance.

Le visage du métamorphe s'assombrit. Ses lèvres se courbèrent en un rictus.

— C'est à ça que notre alpha est réduit maintenant ? T'envoyer le protéger pendant qu'il se cache dans sa chambre ?

Ren leva les yeux au ciel.

— Non. *Il est* heureux de te remettre à ta place de la manière habituelle. Mais je préférerais ne pas voir un membre de la famille des métamorphes banni quand il n'a pas besoin de l'être. Considère cela comme une courtoisie. Il n'y a aucun intérêt à poursuivre une cause perdue.

Julius frappé tapa le bout de sa queue de billard contre le sol. Ses yeux se rétrécirent.

— Je ne pense pas du tout que ce soit perdu. Et je pense que tu auras beaucoup plus de mal à dire non quand le lien me sera transféré.

Ren le regarda de haut en bas, laissant transparaître chaque indice de son dédain dans son expression. Oh,

Seigneur, elle avait l'intention de se faire éviscérer, n'est-ce pas ?

— Crois-moi, dit-elle avec désinvolture. Je ne peux même pas imaginer être tentée.

Julius se tendit, montrant ses dents.

— On verra si tu changes d'avis après ce soir, n'est-ce pas ? Ou peut-être que tu as besoin d'apprendre ta place maintenant.

— Je connais ma place, dit Ren. Et il se trouve qu'elle est très loin de la tienne. Mais si c'est comme ça que tu vas agir, je vais adorer te voir te faire botter le cul ce soir.

Elle pivota sur ses talons et se dirigea vers la porte. Julius tendit son bras brusquement, comme s'il voulait se jeter sur elle, et je me préparai à bondir entre eux. Mais il se ressaisit et prit une forte inspiration. Son regard suivit Ren jusqu'à la porte avec une lueur de colère et de prédation.

J'attendis juste assez longtemps pour m'assurer qu'il ne bougeait pas, puis je suivis mon âme-sœur.

Ren

Mon pouls battait à cent à l'heure lorsque je sortis de la salle de jeux, mais à la seconde où je franchis le seuil du hall, mes lèvres s'étirèrent en un sourire. J'allais garder précieusement et pendant un long moment l'*expression du* visage de Julius quand je lui avais dit ce qu'il en était.

Je ne pus pas savourer ma victoire très longtemps. Je venais à peine de faire deux pas de plus qu'une main se referma sur mon avant-bras. Un soupçon de pin embaumait l'air. Je sus que mon adversaire était West avant qu'il ne me fasse tourner pour lui faire face.

— Qu'est-ce que tu essayais de prouver là-dedans ? dit-il d'un ton sec, le regard furieux. Ce tigre métamorphe a failli t'arracher la tête.

Je gloussai.

— J'aurais aimé le voir essayer. Il aurait été grillé avant même d'avoir pu étirer ses dents.

— Tu es encore en train d'apprendre à contrôler tes pouvoirs. Et tu ne connais pas du tout ces métamorphes. Tu ne peux pas prendre de risques comme ça.

— Je ne sais pas. On dirait que je viens de le faire, et que le monde n'en n'est pas à sa perte.

West émit un son étranglé. Soudain, sa main se retrouva sur le côté de mon cou, son pouce traçant ma mâchoire tandis qu'il me tirait plus près de lui. Sa tête s'inclina plus près de la mienne. Son corps était à quelques centimètres, si proche que c'était presque une étreinte. Chaque nerf de *mon* corps se réveilla en réponse. Je respirai son odeur de forêt de pins et me retins de tourner mon visage pour combler la petite distance et l'embrasser. Je le laissai faire le premier pas, quand il comprendrait ce qu'il voulait.

Son souffle se répandit chaud et fort sur ma joue. Sa prise sur mon bras se desserra. Pendant une seconde, je crus qu'il allait m'attraper par la taille et m'attirer contre lui. Et quoi qu'il arriverait après ça, j'étais presque sûre que je serais d'accord.

Au lieu de cela, ses épaules se firent raides.

— Écoute-moi bien. Ne fais plus jamais quelque chose d'aussi stupide.

La poussée de désir s'évanouit. Je serrai les dents et repoussai West d'un pas avec ma main libre.

— Je n'étais pas *stupide* dis-je, en gardant ma voix basse. Mais c'est bon de savoir que tu me vois toujours comme une idiote. Je provoquais Julius exprès. Je voulais avoir une meilleure idée de ses émotions, et de celles des autres membres de la famille de métamorphes dans la pièce, afin de déterminer qui pourrait être allié aux renégats.

L'expression de West se figea.

— Quoi ?

— Je lis mieux les gens quand leurs émotions sont à fleur de peau, dis-je. Donc je voulais remuer les choses. Il n'était pas près de me faire du mal. Je l'aurais senti si ça avait été le cas.

— Oh.

West se détendit légèrement. Ses doigts fléchirent autour de mon bras. Il les regarda, puis observa l'espace assez étroit entre nous pour que je puisse sentir la chaleur émanant de son corps.

— Es-tu vraiment sûre que tes sens fonctionnent aussi bien sur les métamorphes que sur les êtres humains auxquels tu es habituée, Étincelles ? Parce que tu n'as pas vraiment eu l'occasion de t'entraîner.

— Je peux très bien te lire, marmonnai-je. Et en ce moment, tu devrais te sentir beaucoup plus embarrassé que tu ne l'es en réalité, juste pour info. Bien que j'apprécie le côté "je ne veux pas que tu sois blessée".

West fit une grimace. Il leva de nouveau les yeux. Il y

avait peut-être l'ombre d'une excuse dans ces yeux, mais il ne prit pas la peine de l'exprimer.

— As-tu trouvé quelque chose d'utile avec tout votre 'remue-ménage' ?

— Cela dépend de la façon dont tu définis utile. Julius a une motivation autre que celle de vouloir la position alpha. Je n'ai pas eu l'impression qu'il ait même envisagé d'abandonner. Qu'il gagne ou non, que je l'accepte ou non comme compagnon s'il gagne, le défi va au-delà de ça. Assez pour que le reste n'ait pas d'importance.

— Plus comme s'il s'attendait à ce que ça fonctionne dans ses plans avec les renégats ?

— C'est ce que je pense.

Je fronçai les sourcils, en pensant aux vibrations que j'avais ressenties autour de moi dans la pièce.

— Je ne pense pas qu'une autre personne présente dans la pièce soit impliquée. Ses proches étaient curieux de savoir ce qui se passait, mais aucun d'entre eux n'a donné l'impression de se sentir menacé par le fait que je l'ai confronté. Ou en colère. Ils ont juste trouvé ça amusant. Si quelqu'un était impliqué dans un complot, je pense qu'il s'en serait soucié davantage.

West hocha la tête.

— Ce raisonnement semble solide.

Il a levé un sourcil.

— Peut-être que ta tactique a donné quelques résultats après tout.

— Peut-être que la prochaine fois tu devrais me demander ce que je fais avant de supposer que je suis une idiote.

— Tu devrais peut-être arrêter de proposer des plans qui ont *l'air* idiots.

Je me mordis la lèvre, ravalant ma frustration, et le regard de West se posa sur ma bouche. La chaleur entre nous explosa en un instant. Dieu tout-puissant, pourquoi devait-il agir comme un con alors que je savais qu'il y avait tant de compassion — sans parler de la bonne vieille passion — sous cette façade ?

Chaque muscle me poussait à l'attraper et à le dévorer de baiser. Pour faire sortir le désir que je savais qu'il gardait enfermé à l'intérieur.

Mais nous avions déjà essayé cette voie, et la rencontre physique torride n'avait pas amélioré les choses. En fait, le moment que nous avions partagé dans le jardin du domaine aviaire n'avait fait que me rendre plus nerveuse lorsque j'étais avec lui, maintenant que je savais à quel point nous pouvions être bien ensemble.

Ce jeu où l'on se moque de l'autre et où l'on tourne autour de notre attirance commençait à devenir usant. J'étais prête à en finir avec ça, d'une manière ou d'une autre.

Je tournai ma main, la fit glisser contre son bras jusqu'à ce que mes doigts puissent s'enrouler autour des siens.

West, dis-je, je pense que nous devrions parler. *Vraiment* parler. On ne va nulle part comme ça. Quels que soient les doutes que tu as encore à mon sujet, tu peux m'en parler. On en discutera. Je sais que je suis encore en train d'apprendre. Mais j'ai besoin de savoir quel est le problème afin de pouvoir le résoudre.

La sensation que je ressentis venant de mon

métamorphe loup était complètement bizarre, comme si un flot d'émotions emmêlées avait ouvert une porte à l'intérieur en lui, pour être ensuite ramené à l'intérieur et la porte refermée. Et verrouillée pour faire bonne mesure.

West fit un autre pas en arrière, sa posture rigide. Sa main glissé de la mienne.

— Je ne pense pas que ce soit le moment de bavarder, Étincelles, a-t-il dit. Nous avons une rébellion à part entière à arrêter.

Et pour une raison quelconque, tu es tout aussi important pour moi que d'arrêter cette rébellion, espèce d'idiot, pensai-je mais je ne me gardai de le dire. J'avais eu ma dose de joutes verbales pour la journée.

— Bien, dis-je. Quand tu auras remis de l'ordre dans tes idées, tu sauras où me trouver.

Je me retournai et partie sans un regard en arrière. Parce que j'avais des choses plus importantes à penser pour l'avenir. Comme savoir si l'un de mes âmes-sœurs allait sortir indemnes de l'affrontement de ce soir, avec tous ses membres et organes vitaux intacts.

16

Ren

La suite pour invités qui avait été donnée à Kylie ressemblait beaucoup à mes quartiers, sauf que son lit n'était qu'un lit king size normal et pas assez large pour accueillir confortablement cinq personnes. Je suppose que le clan des métamorphes ne s'attendait pas à ce que quelqu'un d'autre que leur métamorphe dragonne amène plusieurs âmes-sœurs dans leur lit. Ou alors ils s'attendaient à ce que ces autres personnes s'entassent.

— Tout est réglé maintenant ? demanda Kylie, en se balançant sur ses pieds.

Elle n'avait réussi à s'asseoir sur l'élégant canapé que pendant une dizaine de secondes avant de rebondir avec son énergie irrésistible.

— Aussi réglé que ça peut l'être, dis-je. Marco doit encore combattre ce type. Mais il semble sûr qu'il peut prendre le dessus. J'espère juste qu'il est préparé à tout. Les renégats n'hésitent pas à se battre de façon déloyale.

— Ils n'ont rien tenté d'aussi gros jusqu'à présent, n'est-ce pas ? demanda Kylie. Je veux dire, il y a eu les trois qui nous ont attaqués au village du peuple de West, et puis on dirait que vous vous êtes occupés de ce groupe près du domaine de Nate sans problème.

Mon cœur s'effondra sous le poids de toutes les choses que j'avais évité de lui dire. J'aurais dû tout lui dire plus tôt. Peut-être que si elle avait réalisé à quel point ma vie était devenue dangereuse, elle ne se serait pas précipitée ici pour cette visite.

D'un autre côté, elle aurait peut-être dû se précipiter plus tôt.

— Il y a eu quelques autres... incidents, dis-je lentement. Lorsque nous nous rendions à Sunridge, un groupe de renégats nous a tendu une embuscade. C'était la première fois que je faisais face à un groupe entier. Et les renégats qui ont attaqué le domaine de Nate — ils ont tué quatre des membres de sa famille avant que les gardes ne parviennent à les arrêter.

— Oh ! Les yeux de Kylie s'agrandirent. Le truc à Sunridge, c'était il y a des semaines. Pourquoi tu ne me l'as pas dit ?

Je mordillai ma lèvre inférieure avec mes dents. Mes doigts me démangeaient d'une force que je n'avais pas ressentie depuis des jours — l'envie de trouver un objet à chaparder, de prendre le contrôle. Je les enroulaient dans ma paume à la place. Je n'étais plus cette voleuse, cette ratte des rues. J'étais un putain de métamorphe dragonne maintenant.

— Je savais que tu t'inquiéterais, dis-je. Nous sommes

bien sortis de l'embuscade, et l'attaque du domaine était terminée avant même que je n y'arrive.

Kylie me regardait toujours avec une expression hésitante.

— Je préfère être inquiète et savoir ce qui se passe vraiment avec toi plutôt que d'être maintenue dans l'ignorance. Tu devrais le savoir, Ren.

Je le savais. Mais je l'avais quand même laissée dans l'ignorance. Il n'y avait pas vraiment de moyen de le justifier.

— Je suis désolée, dis-je. Il y avait tellement de choses qui se passaient... Ne pas en parler et se concentrer sur les bonnes choses m'avait semblée être la meilleure façon de gérer ça à ce moment-là. Mais tu vois pourquoi *je suis* inquiète.

Kylie hocha la tête.

— Je suppose que si ces trous du cul de renégats se présentent, tu pourras passer en mode dragonne pour les écraser, dit-elle, sa bonne humeur habituelle de retour.

— C'est le plan.

J'essayai de changer de sujet, un sujet qui ne me donnerait pas envie de chiper tous les objets de valeur du bâtiment.

— Les gens de Marco vont bientôt nous appeler à dîner. Je devrais mettre quelque chose de plus séant. S'il y a des renégats dans le coin, je veux qu'ils se rappellent qui est le chef ici.

Je réussis à esquisser un sourire.

— Tu veux m'aider à choisir une robe ?

— Tu me demandes si je veux ? dit Kylie, en tapant

dans ses mains. J'en meurs d'envie depuis que tu m'as envoyée cette photo de toi chez Aaron. Très bien, allons-y.

On se faufila dans le hall et dépassa quelques portes en direction de mes chambres.

J'ouvris une armoire, puis une autre. Kylie a fait un bruit sec en tripotant les objets offerts.

— Oh, c'est incroyable. Tu vas avoir l'air d'une boss, c'est sûr. Oublie la princesse, tu vas être l'impératrice de tous les métamorphes.

Je ris et tendis les bras pour prendre la première robe qu'elle avait jeté dans ma direction. Le temps qu'elle fasse le tour des trois armoires, mes bras étaient endoloris et mon visage enfoui dans la soie et le satin. Je posai le tas de vêtements sur le lit.

— Euh, je pense que nous avons besoin de diminuer cette pile.

— Oui, oui.

Kylie se tapota les lèvres. Elle en choisit deux dans la pile.

— Je ne sais pas pourquoi j'ai pris avec celle-là. Et maintenant que je les regarde toutes, la noire est définitivement trop austère. Le reste, tu n'auras qu'à le mettre pour que je puisse te reluquer.

Elle m'adressa un sourire éclatant en allant ranger celles qui n'étaient pas sélectionnées. Je secouai la tête et me débarrassai de mon T-shirt et mon jean. Alors que j'enfilais l'une des robes en haut du tas, une simple robe de soie vert pâle, Kylie s'assit sur le bord du lit. Elle jeta un coup d'œil sur la largeur du lit et ses sourcils s'arquèrent d'amusement.

— Mmh, je ne peux pas imaginer pourquoi tu as besoin d'un lit *aussi* grand... Non, attends, en fait je peux.

Mon visage s'enflamma à sa taquinerie. Mais quand elle se retourna vers moi, une ombre traversa son visage.

— Y a-t-il autre chose que tu as décidé de ne pas me dire ces dernières semaines ? demanda-t-elle.

Merde. Je me regardai dans le miroir, contemplant la soie verte qui épousait mon corps. Est-ce que j'avais l'air d'une ingénue ou d'une fille qui avait sévèrement gâché la meilleure amitié qu'elle ait jamais eue ? Je ne voulais ni l'un ni l'autre. J'essayai de l'enlever.

— Il y a peut-être eu quelques trucs, admis-je sans croiser le regard de Kylie. Pas que je ne voulais pas que tu saches. Juste que ça aurait été difficile d'en parler seulement par textos.

— Tu aurais pu m'appeler, fit remarquer Kylie.

— Je ne me voyais pas en parler autrement que face à face.

Sauf que maintenant on était là, face à face, et je me sentais encore plus mal à l'aise. Je pris une robe rouge-bordeau dans la pile.

— Je t'ai dit que ma mère était morte sur la montagne... Je l'ai vue. Comme une vision. C'était une bande de Fae qui l'a tuée. Ils l'ont assassinée. Ils essayaient de l'empêcher d'obtenir ce pouvoir qu'elle voulait me donner.

— Le feu spécial que tu peux utiliser pour faire dire la vérité aux gens, ajouta Kylie.

— Ouais.

Au moins, je l'avais tenue au courant de ce qui se passait.

— Pourquoi les Fae s'intéressent-ils à ça ?

— Je ne sais pas, dis-je honnêtement. Les choses ont été tendues entre les métamorphes et les Fae, mais je suis encore en train de découvrir des détails. Leur attaque n'était pas officiellement approuvée, mais la monarque Fae ne l'a pas découragée non plus. Ils ne devaient pas vouloir qu'une métamorphe ait ce genre de pouvoir.

Et pour être juste, la première personne sur laquelle je l'ai utilisé était leur propre monarque. Pour être juste envers *moi*, je n'aurais pas eu besoin de l'utiliser sur elle si elle avait été franche avec nous dès le départ.

Kylie se frotta la bouche.

— Wow. Donc tu dois t'inquiéter du fait que les Fae te poursuivent aussi ?

— Pas exactement. Il y a un traité — et nous avons confronté la monarque Fae, et elle a juré de le respecter. Mais je suppose qu'il est toujours possible qu'ils décident de ne pas tenir leur parole.

C'était une pensée horrible. Je préférerais ne pas y songer alors que nous avions la menace des renégats juste devant nous.

— Merde.

Kylie me regarda, et ses yeux s'illuminèrent. Son sourire avait l'air un peu raide, mais je l'accueillais.

— Et *merde*. Ok, oublie toutes les autres. C'est *La* robe.

Mes lèvres formèrent un sourire. Je jetai un coup d'œil à moi-même, en lissant mes mains sur le tissu luisant.

— Ouais ?

— Oh, ouais. Quiconque te cherche dans cet

accoutrement ne demande qu'à devenir un barbecue pour dragonne.

Je ris, et pendant une seconde, les choses entre nous paraissaient presque bien. C'était Kylie. Ma meilleure amie, ma seule vraie amie. Elle avait toujours assuré mes arrières. Si je ne pouvais même pas répondre à ses attentes, je n'avais aucune chance avec les métamorphes.

— La vache, dit Kylie quand on entra dans la salle de bal devenue salle de banquet. Et moi qui pensais que cet endroit ne pouvait pas devenir plus chic.

Marco, qui était entre nous et me tenait la main, gloussa.

— Mes proches sont connus pour être facilement distraits par les objets brillants. Je ne suis pas une exception.

— Eh bien, tu as vraiment mis le paquet sur le brillant, dis-je.

Des assiettes en argent scintillaient à chaque emplacement, des verres à vin en cristal étincelaient. Des broderies dorées scintillaient dans un motif en boucle le long du bord des nappes blanches étincelantes. Les chandeliers de cristal au-dessus de nos têtes étaient tous allumés maintenant, envoyant une lueur jaune vif sur tout et tout le monde en dessous.

J'avais l'impression qu'il n'y avait pas que ces lumières qui donnaient à la famille féline un air un peu blafard. La tension bourdonnait dans la pièce sous la clameur des voix. Ce n'était pas seulement un dîner. Ce n'était même pas seulement leur premier dîner officiel avec leur nouvelle métamorphe dragonne. C'était le dîner avant le dernier défi de leur alpha. Un qui avait des enjeux encore plus élevés que tous ceux qui l'avaient précédé.

J'hochai la tête et souris à la famille féline tandis que Marco m'accompagnait jusqu'à la table d'honneur. Les autres alphas étaient déjà assis à leur place autour des deux chaises qui nous étaient réservées. Je m'assis avec Marco à ma gauche et Aaron à ma droite. Nate se pencha devant le métamorphe aigle pour croiser mon regard et m'offrit un sourire chaleureux. Mais mon pouls avait déjà retrouvé son pic à cause de l'anxiété.

Kylie se retrouva à la droite de Nate, ce qui était probablement le mieux que je pouvais espérer puisqu'elle ne pouvait pas s'asseoir à côté de moi. Elle sourit au métamorphe ours et commença immédiatement à parler. Je ne pouvais qu'imaginer comment West aurait réagi s'il avait dû être son interlocuteur pendant le dîner au lieu d'avoir la stoïque Alice à ses côtés. Kylie aurait parlé à l'oreille de mon métamorphe loup comme n'importe qui d'autre.

En fait, ça aurait pu être amusant à regarder.

Plusieurs autres félins des familles les plus importantes nous avaient rejoint à la table d'honneur. Je me retrouvais face à un couple de guépards, la femme se frottant la joue avec le dos de sa main comme un chat domestique qui se lave le visage. À côté d'eux se trouvait un couple de lions dont faisait partie la femme qui m'avait accueilli avec tant de scepticisme à mon arrivée. Coreen, c'est son nom. Je commençais à avoir la tête pleine à craquer.

Heureusement, Julius n'était pas assis près de nous.

J'avais repéré sa forme imposante à l'extrémité de la pièce, où je suppose que Marco avait demandé à ses assistants de le mettre. Et je n'étais pas vraiment déçue de voir Silvan posté à une table éloignée aussi.

Les membres de la famille de Marco lui jetèrent des regards furtifs tandis qu'ils mangeaient leurs repas. Ils mangeaient aussi comme des chats, avec des bouchées rapides et délicates. Coreen se tamponnait la bouche avec sa serviette après chaque bouchée.

— L'arène de défi est-elle déjà prête ? demanda-t-elle après quelques minutes de silence tendu.

C'était bizarre qu'une question aussi sinistre puisse être dite comme s'il s'agissait d'une demande polie. Son ton était le même que si elle demandait ce que nous avions pour le dessert.

Mais ensuite, Marco réagit de la même manière.

— Mes préposés sont en train de tout mettre en ordre en ce moment. Je suppose que vous serez là pour le spectacle.

— Plus il y a de témoins, plus c'est digne, ajouta le mari de Coreen d'une voix grondante.

— Philosophie intéressante, marmonna West.

Coreen lui lança un regard dur. Marco tressaillit sous la table, et je me dis qu'il venait de donner un coup de pied dans le tibia du métamorphe. Son sourire, lui, restait agréable.

— Je suis content que l'affaire des vampires du nord ait été réglée, ajouta l'homme guépard. Il n'y a plus eu d'agitation, n'est-ce pas ?

— Pas assez préoccupant pour que mes hommes postés là-haut m'en aient parlé, dit Marco. Vous savez comment sont les suceurs de sang. Ils ne s'intéressent à rien, sauf si c'est en train de saigner.

La femme métamorphe ricana à ce sujet. Mon estomac s'était noué.

— Est-ce qu'il y a eu beaucoup de problèmes à cause de notre confrontation avec les vampires quand nous sommes allés en ville ?

Maman m'avait laissée une piste d'indices menant à la montagne de Sunridge, et on avait dû explorer le métro de New York pour trouver le premier. En plein dans le territoire des vampires. Ils n'avaient pas été très heureux de notre intrusion.

Marco fit un signe de la main.

— Oh, juste des murmures normaux de vampires. On a fait le tri. Ils ne veulent pas *vraiment* danser le tango avec les métamorphes.

Je n'étais pas sûre de la part de vérité dans ce commentaire et de la part de bravade nécessaire pour sa famille. En ce moment, il devait avoir l'air fort et maître de lui, encore plus que d'habitude.

Aaron posa sa main sur ma cuisse sous la table et la pressa de manière rassurante. Il se rapprocha.

— Ce soir, tout ira bien. Marco a traversé cette situation plus d'une fois. Nous l'avons tous vécu. Et nous sommes toujours là.

J'aurais été plus rassurée si je n'avais pas senti l'inquiétude sous-jacente à ses paroles. Il n'était pas complètement confiant non plus. L'implication des renégats était une carte imprévisible qu'aucun de mes alphas n'avait eu à affronter lors d'un défi auparavant.

Les discussions autour de la table se turent au bruit

que faisait les pieds d'une chaise. Un type au bout de la table venait de se lever. Il leva les mains avec un sourire qui semblait étrangement étourdi. Ses cheveux, mélangés à des taches de brun foncé et de gris pâle, dépassaient en touffes de sa tête arrondie. Je ne me souvenais pas d'avoir été présentée à lui plus tôt, mais son apparence me fit immédiatement penser à un *léopard des neiges*.

— Avec toute cette agitation, je veux prendre la parole et dire à quel point je soutiens notre alpha, dit-il d'une voix joviale qui parcourut la pièce. Marco nous a gardé dans le droit chemin et nous a aidé à traverser des périodes difficiles qu'aucun autre alpha n'a eu à affronter. Je sais qu'il continuera à le faire.

Il concentra son regard sur son alpha et s'inclina en une basse révérence. Marco gloussa, souriant en retour, mais le comportement de ce type me crispa. Il semblait *trop* impatient de parler. Il louait Marco plus pour s'attirer ses faveurs que parce qu'il le pensait.

Était-ce une sorte de tentative pour se protéger ? Pensait-il que Marco punirait les gens qui semblaient en faveur de Julius après sa victoire ? Cela ne semblait pas être la façon féline de faire les choses.

Marco ne sembla pas gêné.

— Merci pour tes bons mots, Phillipe, dit-il en levant son verre comme pour porter un toast au métamorphe léopard. Je le sais aussi. Et dans une heure, la pièce entière le saura.

17

Ren

Mon cœur commença à battre plus fort au moment où nous atteignîmes la zone de défi. Ce n'était rien de plus qu'une clairière dans la forêt tropicale, une étendue d'herbe ouverte d'environ six mètres de diamètre entourée d'un feuillage épais. Mais les gens de Marco l'avaient clairement préparé, comme il l'avait dit.

L'herbe était piétinée à plat comme si le sol devait être aussi lisse que possible. Une odeur verte comme une pelouse fraîchement tondue flottait dans l'air. Une corde était suspendue entre les arbres autour du ring, séparant l'aire d'observation du terrain de combat. Des lampes pendaient de quelques branches, jetant une étrange lueur jaune sur l'espace. Celle qui était près de nous émettait un doux bourdonnement électronique.

Marco marchait devant moi, droit dans le ring. Kylie et moi avions dérivé sur le côté, les autres alphas et Alice nous entourant. Nate posa sa main sur mon épaule.

— Si c'est trop dur pour toi de regarder, commença-t-il.

J'ai secoué la tête avant qu'il ne puisse continuer.

— Je reste. J'ai besoin d'être ici pour Marco."

D'autres métamorphes félins s'étaient rassemblés tout autour de la clairière. On dirait que tous ceux qui étaient présents au dîner étaient venus. Pourquoi pas ? La direction de leur groupe de métamorphe pourrait changer ce soir.

— Où est le tigre ? demanda Kylie, en tendant le cou. Peut-être qu'il s'est dégonflé à la dernière minute ?

Avant même que je n'ose espérer, Julius arriva en titubant sur le chemin. Il entra sur le ring en face de Marco, en faisant jouer ses gros bras. Marco le regarda calmement. Avec une aisance décontractée, il retira sa chemise, puis son pantalon, pliant ses vêtements un par un sur le sol à l'orée de la clairière. Julius montra les dents et commença à se déshabiller aussi. Bien sûr, ils allaient se battre sous leur forme animale.

Je cherchai autour de l'arène tous les visages que je reconnaissais. Coreen et son mari, les métamorphes guépards du dîner, Silvan et Phillipe, le léopard des neiges trop enthousiaste, d'autres que j'avais rencontré pendant le déjeuner. Aucun d'entre eux, pas même Phillipe après son discours passionné, ne semblait préoccupé par ce qui allait se passer. La vibration de l'air était maintenant gonflée d'anticipation.

Étaient-ils tous sûrs que Marco allait gagner, ou bien se fichaient-ils de savoir qui allait les gouverner ? D'après ce que j'avais vu de la famille féline jusqu'à présent, je n'avais pas de mal à croire que c'était la deuxième possibilité.

Kylie avait dû penser à la même chose.

— Imagine avoir cette tête brûlée comme alpha, me chuchota-t-elle. Ça ne m'étonnerait pas qu'il passe la journée à courir après sa propre queue.

Ma bouche se contracta. Je n'étais pas tendue au point que ma meilleure amie ne puisse pas obtenir un sourire de moi.

— Sans blague. Ils supplieraient pour que Marco revienne en un rien de temps.

Sauf qu'il ne serait plus là pour qu'ils le ramènent, n'est-ce pas ? Mon pouls s'accéléra encore plus.

Je n'avais pas demandé à Marco ce qui *lui arriverait* s'il perdait. Je ne voulais pas prendre cette possibilité en compte. Le banniraient-ils comme ils ont banni Devon ? Ou la punition de perdre après avoir été alpha était-elle plus sévère ? Le nouvel alpha ne voudrait pas risquer que tu reviennes pour réclamer ta position.

Un frisson me parcourut. Soudain, j'en étais sûr. Si Marco perdait, Julius le tuerait. C'était peut-être le seul moyen pour Julius de gagner.

— Les gardes surveillent toujours les abords du domaine, n'est-ce pas ? demandai-je à mes alphas.

Aaron hocha la tête.

— J'étais là quand Marco a donné les ordres.

Alice m'a jeté un regard lourd de sous-entendu.

— Si tu veux une sécurité supplémentaire, je pourrais voler et surveiller les groupes en mouvement qui se dirigent vers nous.

Une petite partie de la tension à l'intérieur de moi se relâcha.

— Oui, dis-je. S'il vous plaît. Et reviens à la seconde où tu vois quelque chose d'inquiétant.

Elle hocha la tête et se glissa entre les arbres. Ses vêtements bruissèrent, et sa forme d'aigle s'éleva à travers les branches. Je la regardai disparaître dans le ciel qui s'assombrissait.

— Je ne sais pas ce qu'ils ont pu planifier, dit West, mais je n'ai pas vu ou senti de présence malveillante à proximité.

— Moi non plus, ajouta Nate. Peut-être que c'*est* leur plan. Ils misent tout sur la défaite de Marco par Julius.

Je fronçai les sourcils.

— Cela n'a pas de sens pour moi. Ils n'ont jamais respecté les règles avant. Il doit y avoir quelque chose de plus. Mais peut-être que le défi est une partie distincte du plan. Peut-être que Julius voulait en finir avec ça, faire ses preuves devant sa famille de métamorphes, avant de laisser les renégats s'en prendre à nous.

Quoi qu'il arrive, je devais être prête. Et je devais aussi protéger Kylie. Je me rapprochai un peu plus d'elle.

— Si les choses tournent au vinaigre, tu restes avec moi, d'accord ?

Elle me salua.

— Compris, reine des dragonnes.

Un sourire tiraille encore mes lèvres, puis j'ai regardé dans l'arène, et tout l'humour que j'avais pu ressentir s'est éteint.

Une des préposées du domaine s'était avancée au milieu de la clairière entre Marco et Julius.

— Un défi contre l'alpha a été lancé, dit-elle d'une voix chevrotante. Quand mon bras tombera, le combat pourra commencer.

Elle leva la main en reculant jusqu'à l'anneau de corde. Quand son dos le toucha, sa main se crispa. Elle la fit descendre jusqu'à sa hanche d'un coup sec.

Julius surgit avec un grognement mi-humain, mi-animal. Son corps se transforma en tigre et il s'élança dans les airs vers Marco. Mais Marco était préparé. Il s'est déplacé et plongea sous le plus gros chat, tournant sur lui-même pour griffer le ventre du tigre qui glissait hors de portée. Julius rugit. Quatre fines lignes rouges s'étaient formées sur sa fourrure.

— Première saignée ! cria quelqu'un dans le public.

Quelqu'un d'autre poussé un cri. Je supposai que c'était bon pour Marco. Mes mains se refermèrent sur la corde devant moi, les fibres grossières s'enfonçant dans ma peau.

— Wow, murmura Kylie. Ce n'est vraiment pas du jeu.

Non, ça ne l'était pas. Pas du tout. Julius se retourna, toujours aussi rapide malgré sa taille. Mes tripes se nouèrent, en voyant à quel point il était plus grand que Marco maintenant. Le tigre devait être au moins deux fois plus musclé que le jaguar, plus grand, plus long et plus solidement bâti. S'il coinçait Marco même pour une seconde...

C'était manifestement l'intention de Julius. Il bondit sur Marco à nouveau, balançant une patte comme pour menotter son alpha. Marco esquiva sur le côté, pas tout à fait à temps. Les griffes du tigre avaient ratissé sa hanche. Il ne fit pas de bruit, mais je vis ses lèvres se retrousser de douleur. Je serrai la corde plus fort.

— Alors... jusqu'où vont-ils exactement ? demanda Kylie d'une voix plus faible qu'avant. Comment décide-t-on que quelqu'un a gagné ?

— Quand l'un d'eux ne peut pas se relever, marmonna West.

J'avalé ma salive de force. Des murmures parcouraient à nouveau la foule. Étaient-ils contrariés que Marco ne se soit pas encore défendu ?

Il avait dû s'y préparer. Sentir le style de son adversaire avant de passer à l'offensive. Avant que Julius ne puisse faire une autre attaque, Marco se précipita sur lui avec un glapissement. Le tigre se précipita en avant pour essayer de soumettre le jaguar, mais c'était exactement ce que Marco avait prévu. À la dernière seconde, il contourna le gros félin et frappa le ventre de Julius à nouveau.

Le tigre avançait avec trop d'élan pour esquiver. Les griffes de Marco ouvrirent une profonde entaille dans les côtes de Julius.

Un bon bluff. Bien sûr, si Marco voulait gagner ici, il devait se mettre en avant, profiter du surplus de confiance du grand métamorphe. La famille des félins était connue pour sa ruse. Et aucun d'entre eux n'était plus rusé que leur alpha.

Ce n'était pas si différent de la façon dont il avait bluffé sa famille au sujet de son attitude envers moi, en faisant semblant de ne voir en moi qu'un moyen d'arriver à ses fins. Mais je savais à chaque battement de mon pouls qu'il avait utilisé ces mots de la même manière qu'il avait fait cette course folle. Une distraction, une démonstration de force, pour ouvrir la voie à ce qu'il voulait vraiment. Quand ce genre d'hostilité était ce qu'il avait dû affronter, mois après mois, je n'étais pas sûr de pouvoir le blâmer.

Julius se retourna, clignant de ses yeux jaunes. Marco sauta avec agilité hors du chemin. Mais le tigre ne semblait pas ralenti par l'entaille sur ses côtes. Il courut après le jaguar comme un rhinocéros, et Marco ne put pas s'écarter assez vite. Le grand métamorphe le renversa.

Je tressaillis, mon cœur battant si fort que je crus qu'il allait exploser dans ma poitrine. Un cri retentit à l'intérieur de ma poitrine. *Non !* Pas mon alpha. Pas mon âme-sœur.

Nate posa sa main sur la mienne, serrant mes doigts, mais je notai à peine le contact. Je ne pouvais pas détacher mes yeux du combat.

Marco roula sur le dos, les quatre pattes griffues tailladant la peau du tigre. Julius le frappa à la tête et lui tordit le cou, mais le jaguar s'était détourné à la dernière seconde. Il planta ses dents dans la patte avant du tigre. Quand Julius tressaillit, Marco se déroba sous lui. Il se jeté vers un des arbre, ricocha sur le tronc, et heurta le côté du tigre à l'endroit même où il l'avait griffé auparavant.

Julius laissa échapper un grognement qui était autant de douleur que de colère. Il se lança à la poursuite de Marco, dans le but évident de le frapper à nouveau au sol. Marco glissa autour de lui, mais il ne se déplaçait plus aussi vite maintenant. Du sang coulait de l'endroit où le gros chat avait griffé son épaule et ses hanches.

— Bon sang, dit Kylie, encore plus faiblement. Ils vont vraiment jusqu'au bout, n'est-ce pas ?

La peur dans sa voix me tiraillait, autant que de voir Marco meurtri et ensanglanté. Chaque nerf de mon corps me criait d'intervenir, de protéger mon âme-sœur. Ma résolution ne tenait plus qu'à un fil. Si j'intervenais, si je gâchais ce défi, la victoire pourrait aller à Julius par défaut.

Je ne le laisserais pas tuer Marco. Pas si on en arrive là. Je le savais jusqu'au plus profond de mes os.

Marco repris sa vitesse malgré ses blessures. Il courut autour de Julius, mordant et griffant les pattes du tigre à la moindre occasion, entraînant le tigre dans une poursuite tourbillonnante autour de l'arène. Julius le suivait à grands bonds. À chaque tour, sa fourrure orange et noire s'assombrissait de nouvelles traces de sang.

— Très bien ! Finissons-en ! cria quelqu'un dans la foule.

Je ne savais pas lequel des métamorphes il soutenait.

Pendant un moment, il semblait que Marco prenait le dessus. Puis son rythme commença à ralentir. Il mordilla la patte arrière du tigre et évita de justesse la gifle de Julius. Mais le tigre continua, les lèvres retroussées sur ses énormes crocs. Le jaguar trébucha, et Julius bondit. Marco bascula sous lui.

Un cri s'échappa alors de ma gorge. Mes mains tressaillirent là où j'agrippais la corde. Le bras d'Aaron m'encercla, me tenant fermement tandis que Nate s'accrochait à moi aussi.

Marco gisait, son corps à la fourrure noire mou, sous l'énorme forme du tigre. Julius levé la tête avec un rugissement de victoire mais le jaguar se leva d'un bond. Marco attrapé le tigre par le cou, enfonçant ses dents profondément autour du point le plus sensible de la gorge de son adversaire. En même temps, il donné un coup de pied à l'une des jambes de Julius.

Toutes ces griffures et morsures, ainsi que l'effort de courir dans l'arène, avaient dû affaiblir les muscles du tigre. Le gros chat bascula, Marco roulant avec lui. Le jaguar se posa sur la poitrine vulnérable de Julius. Il passa ses griffes sur la fourrure plus pâle et tira sur la gorge du tigre.

Les yeux de Julius se révulsèrent. Il se jeta au sol, mais Marco le tenait fermement, réussissant à le maintenir en place.

Mon souffle s'était arrêté dans mes poumons. Je le libérai dans un élan. Une acclamation s'éleva autour du ring.

— Marco ! L'alpha gagne !

Marco enfonça ses dents encore plus profondément avec un faible grognement d'avertissement qui était presque une question. La tête du tigre oscillé comme s'il ne trouvait pas la volonté de la maintenir au sol. Puis Julius s'effondra, son corps s'affaissa. Il retrouva forme humaine. Marco s'était élancé alors que le tigre redevenait un homme.

Les acclamations s'intensifiaient, la foule applaudissait et tapait des mains. Quelques-uns des assistants qui attendaient entrèrent dans l'arène pour soigner les blessures de Julius, inconscient. Et celle de leur alpha. Marco s'inclina un peu sur le côté, du sang maculant l'herbe sous ses pattes, et beaucoup de ce sang était le sien. Il se souleva du sol et reprit sa forme humaine, levant la main en signe de victoire.

La tension en moi se brisa, le soulagement me traversa. J'haussai la voix avec une acclamation de mon propre chef.

18

—**D**epuis combien de temps es-tu de mèche avec les renégats ? dis-je, réussissant à peine à garder le grognement hors de ma voix.

Julius s'affala en silence sur sa chaise dans la petite pièce, le cou encore marqué de rouge là où Marco l'avait mordu hier soir. Les blessures avaient guéri mais laissaient derrière elles des cicatrices qui ne s'effaceraient pas avant des mois, voire des années. Le métamorphe avait résisté à l'envie de renoncer au défi jusqu'à ce qu'il soit sur le point de mourir.

Marco, debout à côté de moi, avait ses propres cicatrices. Même après une nuit de repos, ses mouvements étaient encore un peu raides. Je m'étais porté volontaire pour l'aider à mener cet interrogatoire après l'avoir vu au petit déjeuner. Et j'avais peut-être aussi des arrière-pensées.

Quelqu'un avait envoyé les renégats pour corrompre

ma famille. Je n'allais pas partir d'ici sans découvrir comment et qui d'autre ils auraient pu tourner.

Combien de temps ? répétais-je. Les autres alphas et Ren bougèrent depuis leur poste d'observation derrière nous. Julius passé sa main sur la bouche, la chaîne qui reliait ses menottes cliquetait. Il avait une haute opinion de lui-même, tout en muscles et en postures, mais il n'avait rien sur moi. Je le dominai, le laissant réfléchir à ce que ça ferait d'affronter un animal de sa taille.

— Depuis que nous avons reçu la nouvelle que la métamorphe dragonne avait été trouvé, dit le traître d'une voix réticente. Pas longtemps.

— Donc tu admets que tu as conspiré avec eux ?"dit Marco.

Le métamorphe inclina légèrement la tête.

— *Leur as-tu donné des ordres ?* Était-ce ton idée de les envoyer attaquer le domaine disparate ?

— Je pensais que ce serait mieux si vous mouriez tous, dit Julius. J'aurais pu donner quelques conseils sur la façon dont ils auraient pu gérer cela. J'ai été ici sur le domaine tout le temps, cependant.

— Tu les envoyé *mon* peuple, craquai-je. Que leur as-tu dit de dire à mes proches pour les persuader de vous aider ? Les renégats n'auraient pas trouvé d'argument assez fort par eux-mêmes - je sais qu'ils n'auraient pas pu.

— Oh, ce n'était pas si difficile, dit Julius avec un mouvement de la main sur ses genoux.

Il ne leva pas les yeux vers moi.

— Parlez-leur un peu, donnez-leur l'idée qu'ils seraient mieux sans un chef alpha qui dirige tout.

Non. Il fallait que ce soit plus que ça. La réponse me

fit grincer des dents. Mais peut-être était-ce seulement parce que je ne voulais pas admettre que mes proches étaient si facilement influencés ? Soudainement, j'étais incertain de mon jugement.

— Tu veux me faire croire que c'est tout ? dis-je, laissant ma voix gronder plus fort. Qu'est-ce que les renégats étaient censés offrir à ma famille qui soit mieux que ce qu'ils ont déjà ?

Julius haussé les épaules, la tête toujours inclinée.

— Qu'est-ce qui vous fait penser qu'ils sont si bien lotis en ce moment ?

Ce n'était pas du tout une réponse. Je me hérissai puis me repris, faisant un pas en arrière avant de le frapper.

À la fois, ce n'était pas une réponse, mais ça l'était aussi. Ma famille *avait* été influencée. Peut-être que le comment n'était pas si important. Ils avaient leurs faiblesses, même si je détestais l'admettre. Mais je devais l'admettre si je voulais corriger ces faiblesses et les aider à surmonter les difficultés qui nous attendent.

Parce que nous étions manifestement loin d'en avoir fini avec ce problème.

— Nous savons que vous aviez prévu quelque chose avec les renégats pour notre visite ici, dit Marco. Tu veux partager des détails ou ton métamorphe dragonne doit te faire dire la vérité ?

Ren s'approcha de moi et entoura mon bras de sa main. Elle avait senti ma détresse. Je ne voulais pas montrer ma propre faiblesse devant notre prisonnier, mais je me laissai aller à lui caresser rapidement les cheveux. L'odeur douce et sucrée de mon âme-sœur me réconfortait.

— Je leur ai juste dit que tu venais, a dit Julius. Que ce serait le bon moment pour s'impliquer. C'est tout.

— Eh bien, je ne *le* crois pas du tout, dit Marco.

Il a jeté un coup d'œil à Ren.

— Princesse ?

Ren levé les yeux vers moi comme si elle me demandait la permission. Comme si elle en avait besoin. Je pourrais profiter d'un peu de recul pendant. Ça serait mieux si je le faisais. Au lieu d'insister pour obtenir les réponses que je voulais, je devais écouter.

Elle avait réussi à atteindre Orion. Peut-être qu'il y avait quelque chose de rachetable dans ce misérable métamorphe félin aussi.

Ren

Je me plaçai directement en face de Julius. Il garda la tête baissée, comme s'il pensait pouvoir éviter de dire la vérité de cette façon. N'avait-il pas entendu les histoires sur mes pouvoirs ?

Je n'étais pas encore à fond sur lui, cependant. Il me renvoyait une vibration étrange tout au long de son interrogatoire. Je voulais en avoir le cœur net.

— Regarde-moi, dis-je.

Comme il ne bougeait pas, je répétai les mots avec un soupçon de feu dans la voix.

— *Regarde-moi.*

Le métamorphe sursauté, sa tête se mit à bouger. Il cligna des yeux quand son regard rencontré le mien. Ses yeux marron clair semblaient étrangement flous. Il n'y avait aucune raison pour qu'il soit dans les vapes. Il avait été assez docile jusqu'à présent pour que Marco ne l'ait pas drogué. S'il essayait de se transformer, les chaînes qui le retenaient serraient encore plus fort sa forme de tigre.

— Dis-moi exactement où tu as rencontré les renégats, dis-je. Si c'était à différents endroits, commences par la première fois.

— Je ne leur ai parlé en personne qu'une fois, a-t-il dit. De l'autre côté de la clairière. Les autres fois, j'avais des gens qui parlaient pour moi.

Je fronçait les sourcils. Mes sens me disaient qu'il disait la vérité. Mais en même temps, tout son comportement, le flou de ses réponses, me troublaient.

— Tu pourrais nous montrer l'endroit ?

— Je ne suis pas sûr de me rappeler exactement où c'était, dit-il.

Cela semblait être la vérité aussi.

Je passai ma langue sur mes dents. Qui a parlé pour toi les autres fois ?

— Personne ici. C'était leur idée. Je ne pourrais pas te dire leurs noms.

— Nous pouvons t'obliger à nous le dire, dit Marco. Et crois-moi, je prendrai beaucoup de plaisir à te regarder te faire envahir par ces flammes.

Je fis un geste de la main, et il s'arrêta, le front plissé. Mais Julius donnait toujours l'impression d'être sincère. Mon feu violet ne pouvait pas le faire parler plus que ça.

Si j'avais pu obtenir des réponses claires, les questions les plus importantes concerneraient ce qui m'attendait, et non ce qui s'était déjà produit.

— Les renégats prévoient-ils d'attaquer le domaine félin ?

— Je ne sais pas, dit Julius honnêtement.

Ses lèvres se retroussèrent légèrement. Je ne pouvais pas dire s'il était sur le point de sourire ou de grimacer. Un picotement parcourut mon dos.

— Ont-ils prévu quelque chose pour après notre départ du domaine ?

— Je ne sais pas.

— Que sais-tu de ce que les renégats prévoient de faire ensuite ?

La tête du métamorphe s'affaissa. Il laissa échapper un gros soupir.

— Je ne sais rien de ce qu'ils ont prévu pour la suite. En ce qui me concerne, ils font un excellent travail en trouvant eux-mêmes comment vous embêter.

— Et que penses-tu qu'ils auraient fait si tu *avais* réussi à me battre ? demanda Marco.

— Ils sont contre tout le système des alphas. Pensais-tu vraiment qu'ils s'inclineraient devant toi après que tu sois devenu ce qu'ils détestent dans la race des métamorphes ?

— Je m'en fiche, dit Julius. Je voulais juste que *tu* partes.

— Pourquoi ? demanda Aaron du fond de la pièce. Qu'espères-tu y gagner ?

Julius hésita. Quelque chose dans cette question semblait l'avoir déstabilisé. Ses doigts se crispèrent sur ses genoux.

— Le respect, dit-il. Le pouvoir. Une meilleure position que celle que j'ai maintenant.

Tout était vrai. Je me mordis la lèvre. Rien de ce qu'il nous disait n'était utile, même s'il était très honnête.

J'inclinai ma tête vers la porte. Les alphas sortirent, Marco s'attardant pour lancer un dernier regard à son rival. Je les suivis. Marco ferma la porte derrière nous.

— On l'emmène dehors pour que tu puisses utiliser ta magie de dragonne sur lui ? demanda West avec son habituel ton bourru.

J'ai secoué la tête.

— Ça ne servirait à rien. Il ne nous ment pas. Il n'est pas très clair, et il y a quelque chose d'étrange dans sa façon de répondre, mais les choses qu'il dit ne pas savoir... Il ne les connaît vraiment pas. À moins qu'il ne soit assez fort pour brouiller mes impressions alors que même vous quatre n'y arrivez pas.

Marco sourit narquoisement.

— Cela semble peu probable.

— Ça ne l'est pas, acceptai-je. Mais que faisons- nous maintenant ? Il a admis travailler avec les renégats, même s'il ne semble pas être aussi impliqué qu'Orion le pensait. Il semblait sûr qu'il y avait un félin qui menait la plupart des opérations.

— Orion n'était pas vraiment en mesure de te donner beaucoup de détails, souligna West.

— Je n'aime pas l'idée que celui-là soit libre, dit Nate, en pointant son pouce vers la porte. Si tu le bannis simplement comme un challenger raté, bien sûr, qu'il ira directement chez les renégats. Et qui sait quels plans il fera avec eux alors ? Il connaît ton domaine, il connaît ton peuple. Il leur dira tout.

— Il y a d'autres choses à prendre en considérations, déclara Aaron.

— Comme quoi ?

— Comme le fait que je veuille dire à ma famille que Julius est impliqué dans les activités des renégats, ajouta Marco. Si je l'emprisonne au lieu de le bannir, je devrai l'expliquer d'une manière ou d'une autre. Et ils pourraient ne pas le croire. Pour ce qu'ils en savent, j'invente une excuse après coup pour justifier de le tourmenter davantage. Ce qui ne fera pas exactement des merveilles pour le moral ici.

Merde. Je n'avais pas pensé à ça. Je croisai mes bras sur ma poitrine.

— Alors quelle est notre meilleure option ?

Marco soupira.

— Je ne sais pas. Je peux le garder enfermé un peu plus longtemps sans trop de questions, mais je vais devoir faire quelque chose d'officiel bientôt. Ce serait le moment idéal pour que mon intelligence de félin se manifeste.

— Nous allons tous y réfléchir, dit Aaron.

Contrairement à la propriété de Nate, les cellules de détention de Marco n'étaient pas dans un sous-sol mais dans un bâtiment séparé sur le côté du manoir principal. Quand nous sortîmes, Kylie et Alice nous attendaient.

Kylie bondit à mes côtés, mais son visage était encore un peu pâle. Elle était plus calme depuis le combat d'hier. C'était une des raisons pour lesquelles je voulais qu'elle reste ici pendant que nous menions l'interrogatoire.

— Alors, qu'est-ce que tu as découvert ? demanda-t-elle, son regard se tournant vers le bâtiment que nous venions de quitter.

Pas grand-chose, dis-je. Nous ne savons toujours pas si les renégats vont nous attaquer ici, et si oui, comment.

— Il les aidait vraiment ?

— On dirait bien. Il l'a admis.

Kylie pencha la tête.

— Que va-t-il lui arriver maintenant, alors ?

J'écartai les mains.

— D'après ce que les gars m'ont dit, généralement, un challenger qui échoue est banni. La marque de sa parenté sera détruite, et ils le marqueraient sur le front à la vue de tous pour montrer son nouveau statut.

Je fis un geste vers mon propre front.

— Tout membre d'une famille de métamorphes qui le verrait près du territoire aurait le droit de le tuer. Et...

Ma voix faiblit quand je remarquai l'expression de Kylie. Son visage avait pris une teinte légèrement maladive qui contrastait terriblement avec sa coupe de cheveux rose. Elle me jeta un regard dans mon silence soudain et sourit, mais son expression vacilla.

J'étais là à parler de gens qui se font tuer comme si ce n'était rien. Pas étonnant qu'elle se sentait mal.

— Tu vas bien ? demandai-je. Si tu as besoin de quelque chose...

Kylie rigola maladroitement.

— Non, non. Je pense que j'ai juste eu assez de brutalité de la part des métamorphes pour quelques jours. Je n'ai pas très bien dormi la nuit dernière. Peut-être que je vais faire une sieste.

— Je peux te raccompagner à ta chambre, proposa Alice.

J'étais sur le point d'intervenir et de dire que je le

ferais, mais je me repris. Peut-être que c'était de moi que Kylie avait besoin de s'éloigner, tout comme les autres.

Je regardai autour de moi avec un nœud dans l'estomac. Mes âmes-soeurs s'étaient aussi dirigés vers le manoir. Marco avait pris un peu de retard sur les autres, son expression était inhabituellement solennelle. Il n'avait pas l'air épuisé, mais son énergie habituelle s'était émoussée.

Le défi d'hier l'avait épuisé plus qu'il ne voulait bien l'admettre.

Je le rattrapai, glissant mon bras autour de son coude. Son expression s'éclaira quand il me regarda.

— Bonjour, princesse.

Je posais ma tête contre son épaule. Tout à coup, tout ce que je voulais, c'était m'envelopper dans sa chaleur. Me réjouir du fait qu'il était toujours là, vivant et respirant, et non pas brisé sous les pattes de ce métamorphe.

— J'ai l'impression que nous avons tous les deux besoin d'un peu plus de temps de récupération après la nuit dernière, dis-je. Y a-t-il un endroit dans la propriété où nous pouvons au moins faire semblant de nous détendre ? Peut-être que c'est ce dont tu as besoin pour faire couler vos idées.

Le coin de sa bouche se releva.

— En fait, je connais l'endroit idéal.

19

Avec toute l'agitation d'hier, je n'avais pas encore eu l'occasion d'explorer une grande partie de la maison. Lorsque Marco ouvrit la porte de la vaste serre que je n'avais vu que de l'extérieur, j'en eus le souffle coupé.

— Wow.

Je m'engageais sur le chemin de pierre qui s'enfonçait dans l'épais sous-bois tropical. Au-dessus de moi, les arbres se dressaient en une voûte de branches. Des falaises artificielles avaient été taillées dans la roche ici et là le long des murs, offrant des corniches d'escalade à différents niveaux. L'air était chaud et humide, mais pas étouffant. Un parfum floral flottait autour de moi.

— C'est comme ta salle de gym à la maison de New York, en dix fois plus grand, dis-je.

— C'est l'idée.

Marco me prit par la main, et nous nous dirigeâmes ensemble vers le chemin.

— Le climat est peut-être plus chaud ici en Floride, mais les hivers sont toujours plus frais que ce que beaucoup d'entre nous préfèrent. Et cela nous donne de l'espace pour exercer nos natures félines sans nous inquiéter d'être observés. Un loup ou un ours peut se promener dans les bois sans trop de précautions. Un jaguar ou un lion ? Cela attirerait l'attention si des humains nous repéraient.

Sans blague.

— Je suppose qu'il n'y a pas de *très* grands gymnases dans la propriété des métamorphes de dragonne ? dis-je. "Parce que si un gros chat est visible...

Marco gloussa.

— Ta base d'attache est dans un endroit suffisamment isolé pour que tu puisses voler près de cette dernière sans aucun problème. Les métamorphes dragonnes ont accumulé beaucoup de propriétés dans les environs pour tenir les humains à distance.

La température n'était pas trop élevée lorsque nous sommes entrés, mais une couche de sueur se formait sur ma peau. Je frottai mes bras.

— Dommage que tu ne puisses pas *baisser la* température si tu en as besoin.

— Il y a d'autres façons de se rafraîchir, dit Marco d'un air narquois. Se débarrasser de ses vêtements est toujours mon préféré.

Je lui lançai un regard moqueur. Il sourit en retour, ressemblant plus à son personnage habituel. Au moins cette partie de mon plan avait fonctionné.

— En fait, dit-il en me tirant par la main, je pense avoir ce qu'il faut pour te convaincre...

Nous nous faufilâmes dans un passage formé par un buisson arqué et débouchâmes sur le bord d'un étang artificiel. L'eau jaillissait d'un bec à l'une des extrémités. Les murs et la base étaient peints en brun pour ressembler à de la terre et la végétation poussait jusqu'aux bords, mais l'eau était claire comme du cristal. Et ça avait l'air délicieusement tentant.

— Mmh, dis-je. Tu marques des points.

— J'y vais même si tu n'y vas pas, répondit Marco, toujours souriant.

Il se débarrassa de sa chemise d'un seul geste et défit son pantalon. Mince. L'air désinvolte avec lequel les métamorphes se déshabillaient commençait à me sembler normal, mais c'était quand même sacrément *chaud*. Dans le meilleur sens du terme.

Et j'étais toujours sexy, dans un sens pas si génial, debout ici dans mes vêtements. Ce n'est pas comme si Marco ne m'avait pas vue nue une douzaine de fois déjà.

J'enlevai la robe en coton que j'avais réussi à trouver parmi les articles les plus luxueux de ma garde-robe. Marco émit un son approbateur et sauté dans l'eau. Un jet éclaboussa ma peau alors que je me tortillais pour enlever ma culotte. Les gouttelettes étaient si fraîches que je ne me suis pas arrêtée pour tester l'eau. J'ai juste plongé après lui.

L'étang était assez profond pour que ma tête soit sous l'eau avant que mes pieds ne touchent le fond. Je remontais à la surface, me délectant de la sensation de l'eau contre ma peau. Je n'avais jamais vraiment fait de bain de minuit avant. Maintenant je pensais que je devais en faire une habitude.

Je rejetais mes cheveux mouillés de mon visage. Marco me regarda, ses propres cheveux brillant comme de l'encre noire.

Il y a des rebords le long des berges, dit-il. Si tu es fatiguée de battre des pieds.

— Je pense que mes jambes peuvent supporter un peu de battement.

—Mmh. Fais juste attention aux anguilles.

— Quoi ?

Je me levais d'un bond, regardant dans l'eau en dessous de moi.

Marco craqua.

— Je te taquine, princesse. Je jure solennellement que tout le domaine est exempt d'anguilles.

— Tu...

Je ne trouvais pas les mots pour exprimer ce que je pensais de cette blague, mais c'était bien. J'avais une piscine entière d'eau pour me venger. Je dirigeai un jet d'eau directement sur son visage.

Les yeux de Marco brillèrent.

— Tu es sûre que tu veux jouer à ça ? Ne commence pas une bataille que tu n'es pas prête à perdre.

Je lui rétorquai :

— Tu es un chat mouillé qui parle beaucoup, et je l'éclaboussai à nouveau pour faire bonne mesure.

Il s'essuya le visage avec un grognement enjoué.

— Tu l'as cherché.

Au lieu de m'éclabousser, il se jeta sur moi. Je poussai un cri et plongeai hors de son chemin. Je réussis à faire un dernier plouf avant qu'il ne m'attrape par la taille. Avec son autre bras, il ramassa de l'eau et la fit couler sur moi.

Je secouai la tête, en bafouillant un rire, et je me tordis pour échapper à son emprise. Le coup de battement de mes jambes envoya un bon jet vers lui. Puis Marco attrapa ma cheville.

— Hey ! protestai-je alors qu'il enroulait ses bras autour de moi.

— Regardez ce que j'ai attrapé, taquina-t-il. Un rare spécimen de poisson-dragonne.

Dans une étonnante démonstration de maturité, je lui tirai la langue et soulevai une autre vague d'eau avec mon autre jambe. Marco tira sur ma cheville et s'avança au même moment pour attraper mes poignets. Il les plaqua doucement contre le bord de la piscine.

— Ça suffit.

Mes pieds se posèrent sur une de ces corniches dont il avait parlé.

— Tu n'es pas drôle, lui dis-je.

— Oh, dit-il, le timbre de sa voix baissant à mesure qu'il se rapproche, tu n'as pas idée à quel point je peux être amusant.

Je pris soudainement conscience du reste de son corps, à quelques centimètres du mien dans l'eau. Son corps nu. *Mon* corps nu souffrait de l'envie qu'il franchisse ces derniers centimètres. Je soutins son regard, réchauffé par la chaleur de ses yeux indigo.

— Je ne sais pas, dis-je, ma propre voix baissant d'un ton. Je pense que j'en ai une assez bonne idée. Mais tu es toujours le bienvenu pour me faire une autre démonstration.

— Une invitation très tentante, murmura-t-il.

Il pencha la tête, et j'inclinai la mienne pour rencontrer son baiser. Sa bouche était glissante et chaude, suffisamment exigeante pour que je ressente un frisson de désir. J'avais envie de le toucher, de passer mes mains sur ce corps lisse et musclé et de l'attirer contre moi, mais il se tenait à distance de moi et maintenait mes poignets en place. Tout ce sur quoi je pouvais me concentrer était le baiser.

Sa langue a glissé dans ma bouche et la mienne s'est levée pour s'y mêler. Un gémissement de besoin s'est glissé dans ma gorge alors que le baiser s'intensifiait. Je me noyais dedans, dans son goût légèrement épicé, dans l'envie d'en avoir plus.

Marco a relâché ma bouche pour faire glisser ses lèvres sur mon cou. Mes paupières s'ouvrirent. Mon regard se posa sur une marque rouge vif qui partait de derrière son oreille et descendait à la base de son cuir chevelu. Je grimaçai, mon cœur bégayant d'une émotion qui n'avait rien à voir avec l'excitation.

Marco recula.

— Qu'est-ce qui se passe ? demanda-t-il, le regard inquiet.

Sa prise sur mes poignets se relâchant.

Je retirai une de mes mains pour toucher le côté de son cou. Mon pouce traça la cicatrice fraîche.

— Je n'avais pas réalisé que Julius avait été si proche.

Si près de sa gorge.

— Ça n'a pas vraiment d'importance, n'est-ce pas ? dit Marco. Je suis celui qui l'a eu à la fin.

— Je sais.

Mais la peur que j'avais ressentie pendant leur combat résonnait en moi.

— J'ai détesté vous regarder tous les deux, dis-je d'une petite voix. Chaque fois qu'il te faisait mal, je le ressentais aussi. Tu n'as pas idée à quel point j'avais envie de bondir là-dedans et de lui botter le cul.

Je ponctuais cette phrase avec un grognement. Marco sourit.

— Ça aurait été un spectacle à voir. Peut-être que tu en auras encore l'occasion, au train où vont les choses.

Je ne voulais pas penser à ça, aux renégats et à la menace qui planait toujours sur nous. Cet énorme problème serait là à nous attendre lorsque nous quitterions la serre. Pour l'instant...

Baissant la tête, je pressai mes lèvres contre la cicatrice. Le souffle de Marco s'arrêta. Son cœur battait sous ma main, qui était posée sur sa poitrine. J'embrassai chaque centimètre de la ligne rougeâtre qui avait été à un cheveu de devenir une blessure mortelle.

Une lumière presque sauvage brilla dans les yeux de Marco quand je reculai. Il se pencha, assez près pour que son nez effleure le mien. Sa voix sortit lentement et presque étouffée.

— Je pensais ce que j'ai dit avant. À propos de te vouloir plus que je ne veux être alpha. Quand je l'affrontais, je ne pensais qu'à ça. Le battre pour pouvoir rester on âme-sœur. Être capable de t'embrasser à nouveau. Pouvoir rire avec toi à nouveau.

Il fit une pause, se retirant à nouveau pour pouvoir croiser mon regard.

— Ma princesse des flammes. Ma Serenity. Mon

métamorphe dragonne. Peu importe ce qui se passe, il n'y aura jamais personne d'autre pour moi. Je t'aime, Ren.

Ma gorge était nouée. L'émotion gonflait dans ma poitrine, brillante et entêtante.

— Je t'aime aussi, ai-je dit sans même avoir besoin d'y penser.

C'était presque un soulagement de le dire. Mon Dieu, pourquoi ne l'avais-je pas déjà dit, à tous les gars ? J'avais besoin de leur dire, plus. Tout le temps. Jusqu'à ce qu'ils ne puissent plus l'oublier. Parce que c'était vrai. Au milieu de tout ce chaos, je suis tombée amoureuse d'eux de tout mon cœur.

Le même sentiment m'envahissait partout où mon corps et celui de Marco étaient en contact. Il me fit un sourire, si brillant que j'en perdis presque le souffle. Il fit un geste pour m'embrasser à nouveau, mais au même moment, des voix s'élevèrent de l'autre côté de la serre.

— Qu'en pensez-vous, des arbres ou du sol ?

— Pourquoi pas les deux ? Une bonne course me ferait du bien.

Merde. Bien sûr, toute la famille féline avait le champ libre dans cet endroit. Je fis la grimace, et Marco secoua la tête, son sourire se dégrada. Je commençais à m'habituer à ce que tous les métamorphes me voient sans vêtements, mais je n'avais pas vraiment envie de rendre ce moment privé avec mon âme-sœur soudainement public.

— Quand ils nous verront ensemble, ils partiront probablement, murmura Marco.

Une idée folle germa dans ma tête. Une qui permettrait au moins d'éviter qu'on soit vus. Et qui permettrait peut-être de restaurer un peu plus la réputation de Marco auprès de sa famille. Un sourire espiègle franchit mes lèvres. Marco haussé les sourcils, et je posais un doigt sur sa bouche pour lui dire de se taire. Puis j'élevai la voix.

— Oh, Marco ! Oui, juste comme ça. Mmm, ne t'arrête pas !

Le coin des yeux de Marco se plissèrent alors qu'il réprimait son amusement. La conversation des intrus devint silencieuse. Je gémis fort pour faire bonne mesure.

— Oh, oui. Comme ça ! À fond ! Tu me fais tellement de bien !

Il y eut un bref bruissement, puis le bruit sourd de la porte qui se fermait. Marco penché sa tête à côté de la mienne, ses épaules tremblaient d'un rire sourd. Un ricanement s'échappa de ma bouche. Nous éclations tous les deux de rire.

J'essuyai les larmes d'amusement de mes yeux.

— Combien de temps penses-tu qu'il faudra avant qu'ils n'osent remettre les pieds ici ?

— Ils attendront probablement que je sois à l'autre bout du pays, dit Marco. Tu as de la chance qu'ils ne soient pas des voyeurs avides.

— Oh, je suis sûr que j'aurais pu trouver autre chose dans ce cas.

Ses sourcils se relevèrent.

— Maintenant je suis triste d'avoir manqué ça.

— Dommage pour toi.

Ou peut-être pas. Son bras s'était arrêté juste en dessous de mes seins. Nos jambes s'étaient entrelacées contre le rebord de l'étang. Mon cœur fit un bond, avec rien d'autre que du désir maintenant.

— Qu'est-ce que tu en penses ? Tu peux me faire gémir comme ça pour de vrai ?

Le regard de Marco commença à s'enflammer.

— Je pense que je suis à la hauteur de ce défi. C'est ce que tu veux, Princesse ?

C'est vrai. À ce moment-là, quand il me regardait comme ça, il n'y avait rien que je voulais plus.

— Je te veux, dis-je, d'une voix basse mais audible. Tout ce que tu es. Marco, veux-tu me prendre comme âme-sœur ?

Un son guttural lui échappa, puis il m'embrassa à nouveau, avec tant de passion que mon corps s'enflamma. J'agrippai son épaule d'une main, l'autre passant sur les muscles que j'avais tant voulu explorer plus tôt. L'eau clapota autour de nous alors que nous dévorions la bouche de l'autre complètement.

Marco amena ses paumes sur mes seins, en faisant tourner les talons de ses mains contre mes tétons. L'eau les taquinait encore plus fort entre chacune de ses caresses. Je gémis contre sa bouche, m'arquant à son contact. Il en profita pour enrouler sa langue autour de la mienne. On se chercha et se dévora l'un l'autre pendant que ses mains plongeaient sous l'eau. Quand il pinça mes tétons entre son pouce et son index, une étincelle de plaisir intense jaillit jusqu'à mon cœur.

J'haletai, mes hanches s'arquèrent contre lui. La longueur de son érection effleura mon corps, me donnant deux fois plus faim en un instant. Il quitté mes seins pour saisir mes cuisses et me tirer vers lui. Sa bite se posa contre mon clitoris. Je frissonnais de plaisir tandis qu'il balançait ses hanches, m'enflammant davantage à chaque coup.

— La réponse est oui, murmura-t-il. Au cas où il y aurait un doute à ce sujet.

Puis sa bouche attrapa la mienne à nouveau. Je flottais sur l'océan de félicité qui parcourait tout mon corps, mais mon sexe palpitait d'un besoin plus profond.

Je tendis la main entre nous pour enrouler mes doigts autour de sa bite. Marco poussa un grognement joyeux pendant que je les faisais glisser de haut en bas. Je soulevais mes hanches, m'offrant à lui, et sa poitrine se contracta encore.

Il s'éloigna de notre baiser pour rencontrer mes yeux. Une question brillait dans les siens. Comme si je n'avais pas déjà été assez claire.

— S'il te plaît, dis-je, en l'attirant vers moi.

Il me plaqua plus fort contre le mur en enfonçant sa bite en moi, centimètre après centimètre. Je m'accrochais à lui, résistant à l'envie de me battre contre lui comme une femme sauvage, même si j'avais envie qu'il entre à fond, maintenant. La sensation de chaleur irradiait de mon cœur à travers chaque nerf. Il embrassa le coin de ma mâchoire alors qu'il plongeait jusqu'au bout. Son souffle se répandit dans mon cou.

— Oh, mon Dieu, Princesse, gémit-il. Si belle, putain.

J'haletai, perdue dans mon besoin de lui.

— Moins de paroles, plus d'actions.

Il gloussa brutalement et commença à bouger. À chaque poussée, mon corps tremblait davantage, réclamant la libération. Notre lien explosa entre nous avec une bouffée de bonheur qui me laissa le souffle coupé. Je me déhanchais en suivant son rythme, gémissant lorsqu'il s'enfonçait encore plus profondément.

— Je ne t'ai pas encore fait crier mon nom, murmura-t-il. C'est ce que tu veux, n'est-ce pas ?

— C'est bon, dis-je ne tenant plus trop sur mes jambes. C'est... oh !

Il ajusta l'angle de mes hanches avec sa poussée suivante. Sa bite appuya sur ce point sensible à l'intérieur de moi d'un seul coup. Je tremblai avec la sensation, l'extase brouillant ma vision.

Marco accéléra son rythme, frappant ce point d'une caresse enivrante à chaque fois. Je gémis, ma tête tomba en arrière.

— Mon Dieu. Juste là. Ne t'arrête pas.

Son gloussement se perdit dans un autre gémissement. Il plongea en moi une fois, deux fois encore, et cela suffit à me faire tourner la tête. Je criai assez fort pour que toute la pièce puisse l'entendre si je n'avais pas déjà fait fuir tout le monde.

Les lèvres de Marco rencontrèrent les miennes avec force. Je l'embrassai malgré les étincelles qui jaillissaient derrière mes yeux. Puis avec un frisson, il me suivit, se répandant en moi.

Il me pilonna jusqu'à l'arrêt complet, me permettant de surmonter la vague de sensations. Je le serrai dans mes bras, frissonnant de bonheur.

— Ça, c'est ma princesse, dit-il doucement.

Ses bras m'encerclèrent, retournant mon étreinte.

J'appuyai ma tête contre son épaule, submergée par plus de sentiments que je ne pouvais en attribuer au sexe.

— Et voici mon âme-sœur, murmurai-je en retour.

Il embrassa ma joue, passant ses doigts sur mes cheveux. Je me blottis contre lui. Combien de temps pouvions-nous rester ici ? C'était devenu une si belle évasion.

Marco renversa ma tête en arrière pour réclamer mes lèvres à nouveau. Le baiser commença doucement, mais quand je le lui rendis, mon désir s'éveilla de nouveau. Il émit un son approbateur alors que je l'embrassais plus profondément.

J'étais en train de penser que nous pourrions le faire une deuxième fois pour rattraper le temps perdu et tout le reste, quand un bruit traversa les murs de la serre.

On se figea tous les deux, les oreilles dressées. Pendant une seconde, il n'y avait rien. Puis l'air se fendit avec le *boom* d'un coup de feu.

20

Marco et moi nous précipitâmes hors de l'étang. Pas le temps de s'habiller. Pas le temps d'essayer de se sécher. Des gouttes d'eau coulèrent dans mon dos et sur ma poitrine alors que nous courions le long du chemin vers la porte. Toute la chaleur qui était encore en moi s'était envolée. Tout ce que je ressentais, c'était un frisson qui me transperça le milieu de la poitrine.

Un autre coup de feu avait retenti, comme s'il provenait de l'intérieur du manoir. Mes muscles s'étaient contractés. Des souvenirs surgirent vacillant en arrière-plan de ma tête. Les halls clairs et propres de la maison de la métamorphe, éclaboussés de sang. Une sœur, un père, un autre, étalés sur le sol. Le clic d'un fusil en train d'être rechargé.

Une saveur cuivrée apparut au fond de ma bouche. Non. Je n'allais pas assister à un autre massacre. Les renégats ne me prendraient pas mes alphas. Ils ne prendraient aucun des membres de la famille ici.

Mais le bruit sourd de mon cœur et les coups de feu qui résonnaient encore dans mes oreilles me disaient qu'ils l'avaient probablement déjà fait. Et pour faire irruption dans la propriété au milieu de la journée, en tirant des coups de feu, ils devaient avoir eu de l'aide.

Pas de Julius. On l'avait laissé enfermé dans cette salle de détention.

Je jetai un coup d'œil à Marco quand nous atteignîmes la porte.

— Il y a un autre traître parmi tes proches, dis-je. Ça doit être pour ça que Julius était si méfiant. Il n'en savait vraiment pas beaucoup. Il était la marionnette de quelqu'un d'autre.

Marco ouvrit la porte d'un coup sec.

— On dirait bien, dit-il, la voix serrée. Ce qui veut dire que quelqu'un d'autre ici va sentir mes crocs dans sa jugulaire avant la fin de l'heure.

S'il pouvait s'approcher suffisamment avant de prendre une balle. Mes poumons se contractèrent. J'attrapai son bras.

— On va se dépêcher, mais on ne peut pas se précipiter là-dedans. Ils ont des armes. Nous n'en avons pas. Nous devons être intelligents.

Marco m'adressa un sourire pincé.

— Je sais comment me battre intelligemment, princesse. Ne t'inquiète pas pour moi. Tu ne m'as pas vu la nuit dernière ?

Il prit ma main, la serrant fort, et nous courûmes ensemble dans le hall. Des voix s'élevaient et un cri résonnait devant nous. J'avais envie de me transformer, de faire pleuvoir un feu furieux sur tous ceux qui menaçaient ma famille, mais je n'osais pas encore céder. Je devais garder toute cette énergie pour le combat proprement dit.

Marco n'avait pas les mêmes préoccupations, cependant. Il serra mes doigts une nouvelle fois avant de les lâcher. Une seconde plus tard, il bondissait en avant sous sa forme de jaguar. En quelques bonds, il m'avait complètement dépassé.

Je ne pouvais pas le laisser se lancer seul dans la mêlée. Je poussai mes jambes plus fort, puisant dans toute la force de dragonne que je détenais même dans mon corps humain.

Nous tournions à un angle, et le foyer principal avec son grand escalier apparu devant nous. Un corps était affalé au pied des escaliers. Trois autres personnes traversèrent le couloir en courant, le visage blanc de panique. Un lion bondit vers l'avant et se mis sur le côté au moment où l'un des fusils explosa. Le sang gicla sur l'épaule du fauve.

— Ça ne sert à rien de se battre ! cria une voix vibrante.

Quelque chose en elle me frappa avec une pointe de reconnaissance.

— Nous n'avons rien contre les membres réguliers de la famille. Faites venir les alphas et la métamorphe dragonne, et le reste d'entre vous peut vaquer à ses occupations comme d'habitude.

Une autre voix atteignit mes oreilles de plus loin : Le riche baryton de Nate.

— Rentrez dans vos chambres, familles félines, hurlait-il. Fermez vos portes. C'est à nous de nous en occuper.

Les autres alphas étaient-ils déjà là aussi ? Mon pouls s'arrêta. Je me jetai en avant encore plus vite, les muscles de mes jambes me brûlaient. Marco s'élança devant moi, ses pattes frappant les lourds poils du tapis.

Le lion chargea à nouveau, même s'il boitait. L'air crépitait de coups de feu. Il y eut un bruit sourd hors de ma vue, mais je ne pouvais que trop bien imaginer ce qui s'était passé : le grand félin s'affaissant et reprenant sa forme humaine. Le sang coulant sous son corps mou.

Un autre souvenir traversa mon esprit, si vif et si brutal que je perdi le sens du hall autour de moi. J'avais cinq ans, je m'agrippais au bras de mon père loup. Je sanglotais si fort que mon estomac faisait mal. Les mains poisseuses de sang. Le clic du fusil. Puis les doigts de ma mère m'attrapant le bras et me remettant debout.

Loin. Loin.

Je trébuchai, et soudain le foyer était là, devant moi. Le corps que j'avais imaginé gisait à quelques pas de mes pieds — le mari de Coreen, les yeux intacts. Je me calais contre le mur.

Le chaos régnait tout autour de l'escalier. Les métamorphes félins n'avaient pas écouté l'orde de Nate, du moins pas la plupart d'entre eux. Même en cas de crise, ils n'étaient apparemment pas prêts à écouter un ours. Les panthères et les tigres, les lions et les lynx, grognaient et s'élançaient sur les animaux ennemis de toutes sortes, sous et de chaque côté des marches. Plusieurs autres corps étaient affalés dans l'ombre de l'escalier. Je ne pouvais pas dire lesquels étaient les nôtres et lesquels étaient des renégats. Il semblait y avoir une centaine d'ennemis qui nous combattaient.

Mes alphas étaient au milieu de la mêlée, l'ours de Nate et le loup de West semblaient essayer de pousser les autres métamorphes vers le hall central tout en repoussant les renégats, l'aigle d'Aaron contournait les escaliers pour s'attaquer à une belette sur le point de bondir sur les autres depuis le haut.

Alice était là aussi, sous forme humaine, poussant Kylie derrière elle dans un coin. Mon pouls s'emballa. Je ne savais pas comment elles avaient atterri dans cette pièce, mais elles étaient piégées maintenant, à moins qu'elles ne courent à travers les combats. Ma meilleure amie plaqua son dos contre le mur, les bras serrés autour d'elle. Ses yeux écarquillés étaient fixés sur des silhouettes à l'autre bout du foyer.

De l'autre côté de l'épais chemin, près des doubles portes du manoir, se tenaient des renégats encore sous forme humaine. Deux tenaient des pistolets et trois autres des fusils. Ils avaient rassemblé plus d'armes que les autres groupes n'en avaient emporté lors des précédentes attaques. Mes tripes se tordirent à cette vue — et se tordirent encore plus quand j'aperçus un visage familier au milieu d'eux alors qu'ils avançaient.

J'avais mal compté. Il y avait trois pistolets, mais le gars qui tenait le troisième n'était pas un renégat. C'était Phillipe, le métamorphe léopard des neiges qui avait fait l'éloge de Marco la nuit dernière.

Comme s'il avait senti mon regard sur lui, ses yeux se tournèrent sur le côté et croisèrent mon regard. La femme à côté de lui leva son fusil pour tirer sur Aaron, le touchant à l'aile. Phillipe sourit finement et fit signe aux autres.

— Voilà notre métamorphe dragonne, dit-il, sa voix joviale devenue cruelle. Descendez-la.

Trois des pistolets claquèrent vers moi. Je me jetais en arrière vers une porte ouverte au bout du couloir. Au même moment, Marco se précipita en avant.

Le jaguar percuta la renégate la plus proche, la renversant au moment où elle tirait. Le type à côté d'elle tressauta, son tir manqua. Phillipe jura et pointa son pistolet sur Marco.

— Non !

Je repartis en avant, en repoussant le sol. La transformation me traversa plus vite que jamais auparavant. Mes muscles crièrent, et ma peau piqua. Une douleur lancinante traversa mes os. Mais j'étais là, avec un rugissement de dragon, plongeant directement sur Phillipe avant qu'il ne puisse appuyer sur la gâchette.

Aaron plongea sur l'un des autres renégats armés. Nate traversa le champ de bataille pour nous rejoindre, West fit la roue pour le suivre. Le renégat que Marco avait chargé claqua son arme contre le côté de sa tête et réussit à rouler sous lui. Il attrapa son poignet avec ses mâchoires. Avec un coup sec et un craquement, elle haleta. Le pistolet s'écrasa contre le sol.

Phillipe avait basculé quand je l'avais frappé. Il s'était déplacé en s'élançant. Je fis fondre son arme avec une explosion de feu de dragonne et je me retournai pour le poursuivre. Où était Kylie ? Je devais m'assurer qu'elle allait bien. Je devais essayer de garder *tout le monde* ici en bonne santé.

Le léopard des neiges croisa le chemin de Nate, et le grizzly le frappa sur le côté. Tout autour de nous, la bataille faisait rage. L'un des derniers renégats humains tira quelques coups de feu supplémentaires, dont l'un toucha Nate à la hanche. Le sang gicla sur le sol poli. La fourrure volait et des voix d'animaux hurlaient. J'avais du mal à distinguer parmi les corps vivants ceux qui étaient de ma famille de ceux qui étaient des renégats.

Dans ce regard, une dure certitude se forma en moi. Je me fichais que la famille de Nate ou de Marco ait douté de ma capacité à les diriger. Je me moquais de ce que les renégats auraient pu leur offrir comme alternative. *Ceci est ce* que les renégats avaient apporté avec eux. La violence, la douleur, le chaos. C'est ce qu'ils avaient toujours apporté.

Peut-être que je ne savais pas à quel point je serais un bon leader, mais j'étais sûre que je pouvais faire mieux que ça pour ma famille.

Avec la force de cette résolution dans mon ventre, je fis exploser le renégat qui avait tiré sur Nate avec un jet de flamme. Il cria et s'effondra. La renégate dont Marco avait cassé le poignet luttait pour saisir son arme avec sa main la plus faible. Je la réduisit en cendres avant qu'elle ne puisse arriver à ses fins.

West avait chargé l'un des gars qui tenait un fusil. Le loup s'était jeté sur les jambes du renégat tandis que le gars essayait de pivoter assez loin pour viser. Il avait déjà tiré une fois : une traînée de rouge plus intense traversait la fourrure argentée de West à l'endroit où une balle l'avait touché, manquant de peu sa colonne vertébrale.

La rage jaillit de mes yeux. Je ne pouvais pas griller le

renégat sans griller mon âme-sœur en même temps. Mais j'avais aussi des dents et des griffes.

Je frappai la tête du gars d'un coup de patte avant. En un instant, West était sur lui, ses dents sur la gorge du renégat. Il dégagea le fusil sur le côté. Je crachai un éclair de flamme blanche sur lui, le transformant en une masse de métal bouillonnante.

Une petite pensée me traversa la tête : si elle avait été capable de se battre comme ça, maman aurait eu raison des renégats qui avaient attaqué sa famille il y a seize ans. Si elle n'avait pas eu trois filles qui ne pouvaient pas se transformer complètement pour essayer de les protéger.

Les personnes que nous aimons, celles qui sont plus faibles que nous — elles nous rendent vulnérables.

La panique m'envahit. Kylie ! Je sautai par-dessus l'escalier, à sa recherche. Je cherchais aussi le léopard des neiges qui avait réussi à se frayer un chemin dans la mêlée.

Je les trouvai tous les deux. Phillipe affrontait Alice, toujours sous sa forme humaine, mais pas moins dangereuse pour autant. Il se jeta sur elle et elle lui asséna un coup de coude sur le côté du crâne. Le coup le fit tituber sur le côté. Kylie glapit. Elle tâtonna vers un tableau suspendu juste à côté d'elle. Elle le décrocha de son crochet et le lança sur leur agresseur.

Le coin du lourd cadre frappa Phillipe en pleine tête. Je soufflai une rafale de feu vers le léopard des neiges, mais il s'est écarté à la dernière seconde. Son cri de douleur m'a dit que je l'avais au moins brûlé. Il s'est enfui sous l'escalier.

Avec un rugissement, j'ai foncé dans le chaos du combat. Mes serres tuèrent un chacal ici, un ours solitaire là, un autre intrus, et un autre. Les membres de la famille féline qui n'étaient pas trop blessés pour continuer à se battre se regroupèrent autour du nombre décroissant de renégats restants. Ce qui était une bonne chose, parce que la tension de ce changement prolongé me rattrapait, avec une douleur encore plus profonde que d'habitude. Parce que j'avais appelé ma forme de dragonne sur moi si rapidement ?

Il faudra que je demande à Aaron ce qu'il en était, pensais-je vaguement en jetant un dernier renégat contre le mur. Mes muscles se contractaient, peu importe à quel point j'essayais de m'accrocher. Je m'effondrai sur le sol. Mes mains humaines heurtèrent le sol, mes genoux humains heurtèrent le bois dur poli.

Prenant une grande inspiration, je me mis debout. Mon regard se posa sur une forme courbée sous les escaliers.

Phillipe. Le léopard des neiges était assis, recroquevillé sur lui-même. Sa patte avant gauche et une grande partie de son épaule étaient brûlées. Il avait la bouche ouverte et haletait sous la douleur. Seul le plus faible frisson de sympathie me parcourut.

Tout le sang versé ici l'avait été à cause de lui. Pourquoi ? Pour qu'il n'ait pas à écouter quelqu'un d'autre lui dire quoi faire ? Parce qu'il pensait obtenir une sorte de gloire parmi les renégats ?

Ça n'avait pas d'importance. La seule chose qui comptait était qu'il ne le refasse jamais.

Je m'approchai de lui, ralentissant à mesure que je m'approchais. Phillipe grogna, mais il n'était clairement pas capable de se battre.

Un des autres métamorphes félins, un couguar, vint à mes côtés.

— Traîne-le dehors, lui dis-je. Là où tout le monde peut le voir.

Le léopard des neiges grogna, mais il ne put faire plus que se tortiller et grimacer lorsque le couguar le prit par la peau du cou. Le gros chat le traîna jusqu'à l'endroit où le soleil de midi pénétrait par les portes ouvertes. Je marcher telle une prédatrice après eux. Ma mâchoire se serra.

Le couguar lâcha Phillipe et recula d'un pas. Je surplombai le léopard des neiges et répondis à son regard jaune-vert par un éclat. De partout dans la pièce, des dizaines d'yeux félins se fixèrent sur moi. Et une paire d'yeux humains. Kylie me regarda, le visage toujours aussi pâle.

La pensée de ce qu'elle devait penser de moi maintenant me faisait souffrir. Mais je ne pouvais pas laisser ces inquiétudes me distraire. Ce que je faisais ici avait beaucoup d'importance.

Donc je ferais mieux de le faire bien.

— Phillipe, dis-je, en élevant la voix. Tu étais de la famille, et tu as trahi tous ceux que tu aurais dû appeler membres de ta famille. Tu as apporté toute cette destruction sur le domaine de ton alpha, ta communauté de métamorphes.

Je balayai mon bras pour indiquer le foyer entier.

— Mais je vais te donner une chance. Parce que *je* ne suis pas ici pour détruire si je peux l'empêcher. Une grande partie de la communauté des métamorphes a été brisée par les renégats et les semblables comme vous. Vas-tu nous aider à la reconstruire maintenant ? Ou est-ce que tu ne te soucies que de détruire des choses ?

Phillipe s'accrocha à sa forme féline, ses yeux se rétrécirent. Les muscles de ses hanches se contractèrent. Je me braquai, sentant son intention. Si c'était ainsi qu'il voulait en finir, qu'ils le voient faire ce choix lui-même.

Il se jeta du sol avec un dernier élan de force, ses mâchoires baillant comme pour me manger tout entier.

Ma main picota quand je transformai partiellement dans mes doigts. Avec l'haleine aigre du léopard des neiges sur mon visage, je tranchai son cou avec mes serres de dragonne.

21

Marco

Ce traître, Phillipe, s'était écroulé aux pieds de Ren avec un filet de sang sur la poitrine. Mon métamorphe dragonne esquiva en arrière, secouant sa main pour retirer ses serres. Alors que le léopard des neiges reprenait la forme humaine filandreuse de Phillipe, sa tête se retournée. Son regard a croisé le mien. Une inquiétude soudaine brilla dans ses yeux.

Pourquoi ? Parce qu'elle avait tué un de mes proches ? Bon débarras pour ce morceau d'excrément. Elle avait été putain de glorieuse.

Je me défis de ma forme de jaguar, ignorant les courbatures et les douleurs aux endroits où j'aurais de nouvelles cicatrices demain. Puis je rassemblai mes mains et commençai à applaudir.

Autour de la pièce, ma famille et les autres alphas se retirèrent progressivement. La plupart d'entre eux se joignirent à mes applaudissements. La tête de Ren pivota alors qu'elle prenait conscience de notre réponse, elle sembla surprise et puis, avec un soulèvement du menton qui fit gonfler mon cœur d'affection, elle assuma. Ce n'était plus une princesse des flammes. La femme devant moi était une reine à part entière.

Je m'approchai d'elle et pris sa main.

— Il a eu ce qu'il méritait, dis-je à voix basse. Tu as été incroyable, Ren.

Je me penchai pour l'embrasser, et quelqu'un poussa un cri épuisé mais toujours joyeux dans la foule. Tous les membres de ma famille devaient le ressentir maintenant — que mon union avec mon âme-sœur avait été consommée, que leurs propres désirs pouvaient leur apporter de nouveaux enfants félins après toutes ces années. Mais ce n'était pas la seule raison de faire la fête.

Ren m'embrassa à son tour, comme si elle reprenait des forces au contact de nos lèvres. J'étais heureux de donner tout ce qu'elle avait besoin de prendre. Elle toucha ma joue, trouvant la marque de griffe juste sous mon œil qui n'avait pas encore été scellée. Je secouai la tête pour lui dire de ne pas s'inquiéter à ce sujet. La blessure ne faisait que piquer un peu pendant que je me tenais ici à côté d'elle.

Puis je me tournai vers mes proches et je levai nos mains jointes en l'air dans un geste de triomphe.

— Les renégats et les traîtres parmi les nôtres ont été éliminés. C'est la sécurité qu'une métamorphe dragonne nous apporte. Un nouvel âge pour nous est sur le point de commencer. Un âge où les métamorphes travailleront ensemble contre nos ennemis, et vivront et aimeront sans l'ombre de la violence qui planait sur nous.

— À la santé de la métamorphe, a crié quelqu'un — je pense que c'était Silvan — dans le public.

— Pour la métamorphe dragonne !

Un concert de voix se joignirent au toast. Certains se méfiaient, d'autres boitaient, mais tous avaient les yeux brillants. Plusieurs membres de ma famille s'approchèrent pour présenter leurs respects à Ren, comme s'ils venaient juste de la rencontrer.

Mieux vaut tard que jamais. Un sourire se dessina sur mon visage tandis que je les regardais hocher la tête et presser leurs mains contre les siennes, murmurant des mots de gratitude et d'encouragement. Personne ici n'avait jamais vu une telle bataille sur notre sol auparavant. Et personne ici n'avait vu un combat de dragonnes comme celui que Ren venait de vivre.

Même un chat pourrait apprécier la force qu'elle a montrée et la compassion.

Mon regard s'est détourné d'elle pour se porter sur ceux que nous avions perdus malgré le courage de mon âme-sœur et tous nos efforts. Le mari de Coreen, Raoul, avait pris une balle fatale dans la poitrine. Les renégats avaient porté des coups fatals à quelques autres dans la mêlée. Deux de mes assistants qui s'étaient précipités pour aider étaient tombés et ne s'étaient pas relevés. Et il y avait beaucoup de semblables en vie mais trop affaiblis par leurs blessures pour se tenir debout.

Plusieurs autres assistants s'étaient glissés dans la pièce maintenant que le chaos s'était installé. Je leur fit signe.

— Amenez nos proches blessés dans la salle médicale, rapidement. Et nous devrons organiser des funérailles pour les morts.

Je fis une pause. Pas tous les morts. Phillipe avait perdu le droit à ce respect, et les renégats ne l'avaient jamais mérité.

— Nous brûlerons aussi les renégats, ailleurs.

Ils hochèrent la tête et coururent pour suivre mes ordres. Coreen s'était agenouillée près de son mari, posant sa main sur son front, les épaules affaissées.

— Je vais aider à le préparer, dit-elle d'une voix rude aux assistants qui l'avaient rejointe.

Son regard trouva le mien.

— Je suis désolée, dis-je.

Sa bouche se tordit.

— Il s'est bien battu. Il ne savait pas comment se retirer. Ce n'était pas dans sa nature.

Elle regarda par-dessus mon épaule, vers Ren, puis son regard revint vers moi.

— Merci, ajouta-t-elle. Peut-être que nous sommes restés trop longtemps sans une métamorphe dragonne.

— Je n'ai pas l'intention de perdre celle-ci, dis-je, et elle esquissa un sourire.

Je me retournai vers Ren. Certains de mes proches étaient toujours groupés autour d'elle, l'adulant. Elle se tenait droite, leur répondant tous chaleureusement, mais je pouvais sentir l'épuisement en elle. Mon âme-sœur avait livré trop de batailles ces dernières semaines.

J'enroulai mes bras autour d'elle par derrière. Même avec la douleur de mes blessures en cours de guérison, la sensation de sa peau nue contre la mienne était paradisiaque. Je déposai un baiser sur son épaule et murmurai à son oreille :

— Dois-je te raccompagner à ta chambre ? Je ne peux

pas imaginer à quel point tu as besoin d'une pause après tout ça.

Les lèvres de Ren se retroussèrent. Elle se pencha dans mon étreinte pendant un moment. Mais ses yeux traversèrent la pièce jusqu'à l'endroit où se tenait son amie humaine.

— Je pense qu'il y a quelque chose dont je dois m'occuper avant de pouvoir me reposer, déclara-t-elle.

~

Ren

Je m'approchai de Kylie timidement, à l'affût de tout signe indiquant que je m'étais suffisamment approchée. Elle n'avait jamais vu ma forme de dragonne avant, et la première fois, tout ce qu'elle a vu était moi assommant des renégats et les réduire en cendres. Et puis j'avais tranché la gorge d'un gars juste devant elle.

Elle avait déjà du mal à faire face à la violence à laquelle elle avait été confrontée. Et maintenant, j'étais en plein milieu de tout ça. Peut-être qu'elle voulait juste rentrer à la maison et ne plus jamais me parler.

Ma meilleure amie me vit arriver et avança à ma rencontre. Je m'arrêtai, la laissant prendre le pas. À ma grande surprise, elle s'approcha de moi et m'entoura de ses bras, ne semblant pas se soucier du fait que j'étais nue et un peu en sang.

— Oh mon Dieu, Ren, dit-elle. J'avais tellement peur pour toi. Mais tu étais une telle dure à cuire ! Putain de merde, ces renégats ne savaient pas ce qui les frappait, hein ? Putain de trous du cul.

Je la serrai dans mes bras en riant un peu.

— Tu avais peur pour *moi* ? J'étais terrifiée à l'idée que l'un d'eux puisse te faire du mal.

— Oh, j'avais mon garde du corps d'aigle qui les repoussait. Pas de problèmes de ce côté-là. Et j'ai donné quelques coups de ma part.

Un tremblement a parcouru son corps, mais elle prit une inspiration et garda sa voix stable. — Je le pense vraiment. Tu as été incroyable.

J'avais l'impression que mon cœur s'était ouvert. Ma respiration sortit presque comme un sanglot. Kylie se retira pour fixer mon visage.

— Qu'est-ce qui ne va pas ?

— J'ai juste... Peut-être que c'était stupide. J'ai eu tellement peur que tout ça... eh bien, tout ça soit trop pour toi.

Je fis signe de la tête pour indiquer les restes de la bataille autour de nous.

— Ce n'est pas ce que la communauté des métamorphes est habituellement. Du moins, d'après ce que les gars m'ont dit, ce n'est pas le cas. Mais tout est tellement en désordre en ce moment. Je ne veux pas avoir à me battre, mais je dois le faire. Des gens meurent... Tu ne devrais pas avoir à faire face à tout ça.

— Hey, ma meilleure amie dit fermement.

Elle saisit mon épaule jusqu'à ce que je croise son regard.

— Je n'ai pas à le faire. Mais je le veux. Le deuxième F de BFF signifie *forever*, pour toujours, tu te souviens ?

Dans combiens de merdes on s'est fourrées quand on était à New York. On s'en est sorties, n'est-ce pas ? Et si les trucs auxquels tu es mêlée maintenant sont un peu plus effrayants... et alors ! Peut-être que j'ai besoin de prendre du recul parfois, mais je suis toujours là — avec toi.

Un sourire envahit son visage.

— Ma meilleure amie est un *dragonne*. Combien de personnes peuvent dire ça ?

Je rigolai vraiment à ce moment-là, et je la serrai à nouveau dans mes bras.

— Tu es la meilleure, Kylie. Je suis désolée de t'avoir exclue.

— Je comprends, dit doucement Kylie. Mais ne recommence pas, tu entends ?

Quand je la laissai partir, nous nous rendîmes au bout de la pièce. Le regard de Kylie dériva vers la carcasse de Phillipe.

— Donc... on n'a pas à s'inquiéter que d'autres de ces abrutis se montrent, n'est-ce pas ?

— Je ne pense pas. D'après ce qu'on a entendu, c'était leur dernier effort, tout ça pour nous faire tomber. Sinon, Phillipe n'aurait pas montré son jeu.

Et nous les avions vaincus. Les renégats étaient décimés maintenant — ceux qui voulaient que moi et mes alphas soyons morts, au moins.

Mes jambes se dérobèrent sous moi. J'aurais pu basculer contre le mur si une grande main n'avait pas attrapé mon bras.

— Hey, dit Nate, se penchant pour embrasser ma tempe. Le changement et les combats t'ont beaucoup fatiguée.

Il jeta un coup d'œil à Kylie.

— Ça te dérange si je te l'emprunte et que je lui fais prendre du repos ?

— Pas du tout, dit Kylie avec un geste de la main.

Elle me fit un sourire et un clin d'œil alors que le métamorphe m'emmenait.

Les autres alphas attendaient dans le hall.

— Et le reste de ta famille ? dis-je à Marco.

— Ah, ils sont plutôt doués pour se débrouiller tout seuls, dit-il de son ton langoureux habituel. J'ai fait un joli petit discours et distribué quelques ordres. Cela devrait les faire patienter pendant au moins quelques heures.

Son expression devint plus sérieuse.

— Les funérailles auront lieu demain.

— Et si la chance est de notre côté, plus rien avant un bon moment, remarqua Aaron.

Il prit ma main alors que nous nous dirigions vers mes quartiers.

Quand on atteignit la porte, les quatre gars me suivirent à l'intérieur. Je grimpai sur le lit, et ils s'entassèrent autour de moi. L'épuisement de la matinée me rattrapait déjà. Je bâillai et posai ma tête sur l'oreiller, entouré de leur chaleur, et comme ça, je m'endormis.

Je me réveillai, un peu groggy et courbaturée mais me sentant beaucoup plus vivante qu'avant, avec un rayon de soleil de fin d'après-midi qui passait par la fenêtre. Je m'étirai sur le lit, et mes âmes-sœurs remuèrent. En me regardant, je fis la grimace.

— Ok, je pense qu'un bain est à l'ordre du jour avant le dîner.

Marco glissa hors du lit avec un petit rire.

— Même si j'aimerais beaucoup me joindre à vous pour ça, je pense que je ferais mieux de prendre contact avec ma famille. Mais je te verrai au dîner... et après ?

La légèreté de son ton fit naître en moi une vague de désir. Je me levai pour aller à sa rencontre, l'attirant dans un baiser.

— Bien sûr, 'et après'.

J'avais déjà vérifié la baignoire de la salle de bain de la suite. Comme le lit, la baignoire circulaire était assez grande pour cinq personnes. Quatre devrait être un jeu d'enfant. Je tournai les robinets jusqu'à ce que l'eau jaillisse en un jet de vapeur. Une poignée de sel de mer pour la rendre agréable et revigorante — parfait !

— Je suppose que nous sommes tous invités ? dit Nate, en se promenant après moi.

— Plus on est de fous, plus on rit. J'aime à penser que c'est un gros bouton de réinitialisation humide dans cette visite. Au revoir les renégats ! Bonjour, quoi que fassent habituellement les métamorphes !

— Tu auras tout le temps d'apprendre tout ça, dit Aaron.

Il glissa son bras autour de moi et pressa ses lèvres sur mon épaule.

— Et je suis impatient de te guider tout au long du chemin.

—Mmh. Moi aussi, dis-je avec un haussement de sourcils suggestif qui le fit rire.

Alors que je plongeais dans l'eau chaude, West

émergea finalement de la chambre. Il vit que j'étais déjà immergée et que ses camarades alphas me suivaient, et il haussa les épaules.

— Pourquoi pas ?

Eh bien, c'était à peu près tout l'enthousiasme que je pouvais espérer de mon métamorphe loup.

Le murmure de l'eau contre ma peau me rappela les activités plus agréables auxquelles je m'étais adonnée ce matin. Mon petit interlude dans l'étang avec Marco. Tout le plaisir qu'on pouvait avoir en jouant dans l'eau. Je me léchai les lèvres, en regardant mes camarades. Puis une envie plus profonde s'empara de mon cœur.

J'aurais pu perdre n'importe lequel d'entre eux aujourd'hui. Si l'un d'eux avait été touché par la mauvaise balle, comme le mari de Coreen... Rien que d'y penser, ça me déchirait le cœur.

Ils devaient savoir à quel point ils comptaient pour moi.

Je glissai dans l'eau jusqu'à Aaron. Il sourit et s'approcha de ma joue. Je m'installais sur ses genoux et me penchais pour l'embrasser. Son autre main se posa sur ma taille, son pouce caressa mon côté tandis que nos bouches se pressaient l'une contre l'autre. J'étais déjà assez chaude et excitée quand je me retirai de son étreinte. Mais je me tins un peu à l'écart de lui et regardai dans ses yeux bleu brillant.

— Je t'aime, dis-je, la sensation de ce sentiment m'envahit comme si le fait de prononcer ces mots à haute voix avait débouché sur une toute nouvelle couche d'adoration.

Le visage d'Aaron s'éclaira. Il m'embrassa à nouveau,

encore plus profondément cette fois. Puis il dit, avec ses lèvres à un centimètre des miennes :

— Je t'aime, Serenity. Pour toujours.

Je dérivai de lui à Nate à côté de lui. Le métamorphe ours m'accueillit dans ses bras, souriant déjà. Je me blottis dans son étreinte et je l'embrassai fort, je voulais qu'il sente à quel point cela comptait pour moi. Il gronda dans sa poitrine, ses doigts caressèrent mon dos. Je touchai le côté de son visage en m'éloignant pour rencontrer son regard brun et chaud.

— Je t'aime.

— Je t'aime aussi, dit-il. N'en doute jamais.

J'effleurai mes lèvres sur les siennes à nouveau. Puis je me retournai. West me regardait depuis le coin opposé de la baignoire. Son corps était tendu, mais ses yeux vert foncé semblaient plus doux que d'habitude.

— Viens ici, Étincelles, dit-il. Je pourrais aussi bien avoir mon baiser.

Pensait-il qu'il n'avait pas le reste ? Peut-être que je n'étais pas totalement sûre non plus. C'était un peu difficile de suivre ce que je ressentais avec tout ce va-et-vient entre nous. Mais s'il m'offrait un baiser, il pouvait s'attendre à ce que je l'accepte.

Je flottai jusqu'à lui, m'attendant à moitié à ce qu'il change d'avis. Ou qu'il m'attrape et m'embrasse de façon si affamée que j'en aurais la tête qui tourne.

Il s'approcha de moi, passant ses doigts autour de mon poignet pour me tirer un peu plus près. Il glissa son autre main dans mes cheveux. Nous soutenions le regard de l'autre pendant un moment, le sien cherchant étrangement quelque chose. Une palpitation traversa ma poitrine. Puis il m'attira le reste du chemin vers lui.

Sa bouche réclama la mienne avec une tendresse à laquelle je ne m'attendais pas. Ses lèvres écartèrent les miennes pour approfondir le baiser, et juste comme ça, j'étais perdue en lui. Perdue dans la douce passion de son étreinte, perdue dans l'odeur qui flottait sur sa peau comme s'il avait apporté avec lui les forêts de sa maison.

C'était l'homme que je savais que mon âme-sœur pouvait être. Celui que j'avais entrevu dans les rares moments où il avait baissé sa garde.

J'*avais* la tête qui tournait quand il me libéra de cette étreinte. Je le regardai fixement pendant une seconde, reprenant mon souffle, mon corps tout entier enflammé par la luxure et un désir plus sincère. Je pris une inspiration pour dire ce que j'avais dit aux autres, ce qui semblait indéniablement vrai maintenant — et quelqu'un toqua à la porte dans l'autre pièce.

Quand je me retournai, Marco était entré dans la pièce. Il fronçait les sourcils, les yeux sombres et inquiets.

— Quelques-uns des renégats se sont échappés, dit-il. Pas assez nombreux pour que nous ayons à nous inquiéter d'eux seuls, mais... les rapports de mon peuple disent qu'ils se sont dirigés vers le nord. Directement vers une troupe de vampires qui vient d'annexer ma propriété de New York et qui se déplace maintenant à partir de là. On dirait que les renégats ont encore plus d'alliés que nous le pensions. Et ils viennent de déclencher une guerre paranormale à grande échelle.

Je gémis, basculant ma tête en arrière contre le coussin de l'eau. Tant pis pour le repos. Mais la détermination que j'avais ressentie pendant la bataille ne fit que se renforcer en moi.

— Bien, dis-je. Ils n'ont aucune idée de ce qui les attend quand ils s'en prennent à une dragonne. Il est temps de montrer à *tous* nos ennemis que c'est une mauvaise idée. Une bonne fois pour toutes.

À PROPOS DE L'AUTEUR

Eva Chase est une autrice dans le top 100 des best-sellers Amazon dans les catégories de romance fantaisie et paranormale. Elle a grandi avec une bonne dose de magie, de chaos et de cette angoisse romantique, trois éléments que l'on retrouve dans ses histoires. Mais il n'y a pas besoin d'avoir peur des triangles amoureux ! Les héroïnes d'Eva n'ont jamais à choisir. Vous pouvez visiter son site web au www.evachase.com.